舒非 主編

香·港·散·文·12·家

長椅的兩頭

| 胡燕青　著

中華書局

主編的話

　　二〇一二年，為了紀念中華書局成立一百周年，香港中華書局推出了《香港散文典藏》。叢書收入九位當代香港最有影響力的作家，他們是：董橋、劉紹銘、林行止、陳之藩、西西、金耀基、羅孚、小思和金庸。「典藏」出版之後，頗受兩岸三地讀書界的好評。作為這套書的主要策劃者，我個人很受鼓舞；此後承蒙香港中華書局厚愛，希望我繼續圍繞香港文學再推新書，經由我和作者及出版社的反覆磋商，始有《香港散文 12 家》的誕生。

　　在香港，嚴肅文學書籍市場本來就狹小，隨着網絡閱讀的高速發展，讀書風氣的不斷改變，文學書的空間已經越來越小，確實給出版社帶來重重的困難。在這樣的情況下，我們仍然堅持推出《香港散文 12 家》，因為我們認為香港有優秀的作家和優秀的作品，作為立足

香港一百年的出版社，我們有責任為香港作家出好書，也有責任為香港讀者提供優秀出色的讀物。雖然文學市場持續低迷，但是我們不願放棄。

在日新月異的網絡時代裏，嚴肅的文學書是否有其價值？我們的答案當然是肯定的。文學看上去也許不那麼實用，但是文學是涵養人心的；讀文學作品，未必有立竿見影的效果，但是進入文學世界，肯定能為你打開一扇不同凡響的窗子，提升你的精神境界，令你一生受用。

收在《香港散文 12 家》裏的作者，背景不同，年齡不一，寫作的題材與風格更是迥異，因此也呈現香港散文的整體風貌。相對於詩歌或者小說，散文或許比較容易上手，但也更不容易寫得精彩。我們希望這套書，除了給愛好文學的讀者提供好書之外，也希望為有志於寫好中文的同學提供範文。

舒非

二〇一五年四月

自序：與散文相遇

　　我小時候喜歡畫畫。有一段時間，設計是爸爸媽媽共同的工作。那是沒有電腦的時代，我們一屋子都是紙張、畫筆、長尺等工具，我至今難忘。後來媽媽當語文老師去了。為了養家，他們幾乎甚麼都得做。爸爸說他也教過音樂和體育，把我們笑得人仰馬翻。爸爸教音樂？爸爸說，教音樂就是管着一群孩子讓他們同時開口大叫，有甚麼難？

　　後來爸爸帶着八歲的我輾轉由廣州乘車到了澳門，一個月後偷渡來香港。之後爸爸做過許多工作，終於成了小販，才勉強能養家，直到退休。我唸碩士時，媽也來港了，她同樣當上了小販。

　　雖然作文也拿過好分數，但我一直比較愛畫畫，大概是想尋回小時候一家齊全的感覺。那時我讀中學，

在學五年，我拿過四次美術科首獎，中文科科獎卻沒法碰。線條和顏色很直接，畫畫給我的快樂也很直接。文字卻有點迂迴，而且困難。但我們家窮，爸爸又極力反對；他說畫畫無法餬口，命我不得妄想。當創作的願望在心裏壯大，我選擇了寫作，因為原稿紙不貴，而且寫作還可以賺稿費，這一點比畫畫強得多了。我的部分零用錢就是這樣得來的。

　　小六時在長洲的報攤發現了《中國學生週報》，售價五毛。五毛錢是我拿得出來的，於是我每週買一份，精神上「認識」了亦舒（最初她顯然沒打算做流行作家）、西西、也斯（後來我曾到《週報》以小粉絲的身份去看望他）、陸離（在一次旅程中終於認識了她）、羅卡、賜官、李國威等人。我還因此學會了讀舒爾茲（Charles M. Schulz）的花生漫畫和余光中的新詩。到中四時，我用「革革」為筆名寫成的稿件，開始蒙《週報》的編輯爾白（周麗娟）姐姐採用。同期，我在《青春週報》也寫過散文，在那邊，我的筆名是「格子」。一開始定期發表，我就真的「改行」了。小小的中學生享受着小小的虛榮心，我很快就忘記了自己學畫的「初衷」，直到將近退休，才「回到」嚮往了五十年的畫院

長椅的兩頭

跟吳劍明老師上美術課，從基本學起。

　　如今我深信人生命的任何細節均非偶發，而是由上帝親手設計的。目前我當上了翻譯編輯，在一個幾十人的翻譯團隊裏工作。是祂讓我得到文學訓練的 ——到了高中，我通過同學的哥哥認識了幾位香港大學的研究生。他們都來自文學院，有讀中文的，有修英語的，也有唸翻譯的，更有研究歷史的。胡國賢、黃國彬、譚福基、陸健鴻、郭懿言等都是港大頂尖的畢業生（當然有拿一級榮譽畢業的！但請記得，他們不少出身基層家庭），他們雖然年輕，卻很有學問，而且中英文俱是第一流的，與今天的文青相比，可謂非常出色，因此都成了我的學習追隨的楷模。他們創辦了《詩風》雜誌，並邀當時唸中六的我加入。我開始經常接觸文學（尤其是詩），更有園地創作和發表。我早期的詩，很多都是他們「逼」我寫成的。其後我還在《詩風》認識了溫明、王偉明等好友。十七八歲就有了文學上的師兄師姐，可謂十分幸福，在此，我感謝上帝，也感謝他們。因為大家的鼓勵，我寫作不輟。到我成了教師，我也致力引導年輕人學習寫作，讓他們親嘗創作的喜樂。

　　就這樣，不知不覺寫作數十年，我屈指算算，自己

已經出版了幾十本書，當中有新詩、小說和兒童文學。但是，從數量看，還是散文集最多，共十二本。我不得不承認散文是我最常寫、也許還是最愛寫的，可能散文是個「包底」的文類，也就是說，舉凡不是典型的小說、詩歌、戲劇等文字，都可歸入「散文」一族。把散文視作藝術的話，它能夠達到很高的境界；視為工具，它卻可以十分平民；舉凡天氣報告、論政辯駁、長書短信、社媒留話等信息無不適用。這個文類有點像游泳比賽中的胸泳（這是正式的名稱，但我更喜歡叫那個做蛙式、蛙泳），習泳的人很快就學會了，浮在水面縮肩摺腿，一撥一蹬就可以慢慢地前進。對一般人來說，蛙泳最省力，也最能給人安全感。可是，只要略懂泳術的人都曉得蛙泳也是世界上最難游得好的泳式。其技術要求之高，別的泳式無法比擬。歷來，世界級的混合泳選手若格外擅長蛙泳，大多能在蛙泳一段追回其他泳式的不逮造成的落後、甚至奪冠。一般來說，頂尖選手另外三個泳式的水平距離不會太遠，惟獨蛙泳的能力卻可以相差很多。日本蛙王北島康介（2004 及 2008 奧運各奪兩項蛙泳冠軍的選手）身高只有 178 厘米，身材遠不及其他歐美對手，但他的蛙泳游得輕鬆，舉手投足都充滿

美感，節奏看起來特別慢，卻能輕易就拋離對手。所有蛙泳高手都知道，當中腳掌末端揮動的暗勁、指尖精緻的張合，皆非其他泳式須要針對鍛煉的細節；蛙泳選手的肩膀和身側極速一夾，水就往後面奔流；此時大腿必須悄悄收回、動作絕不能張揚，否則會妨礙身體前進。腿收盡了，直直往後加速一推，最後揮鞭似的把「水球」揚走 —— 知易行難，這一切動作，在在要能針對水那狡猾遷移的液態特性。一言以蔽之，散文如蛙泳，易學而難精，理論和感覺之間常常有着一大段距離。

論表達的難度，散文看似比詩和小說低一點，其實，要寫出一篇優秀的散文相當困難。其他文類比較煞有介事、有備而來，無論怎麼說都帶點表現主義傾向和藝術家脾氣，但散文卻較像日常談話，隨時能切入、刻刻可抽離，該喁喁細語還是侃侃而論？視乎作者的態度、能力、器量和識見，更視乎處境，任君調校；但何時是朋友，何時是情人，何時是老師，何時是臣子，何時是生死之交或終身之對手，有意無意之間，散文都要求你一一交代。散文真的易學，孩子時就學會了；也確實難精，窮一生之力亦未必能寫得好，因為它容許你同時把文學野心、私人感情、社交儀禮、公眾形象、學者

的傲慢和政治的訴求都放進去（戲劇、詩和小說可沒有這麼貪心）。無論文字多麼好，大部分寫作人都有可能給其中的一、兩項卡在那裏。

要把散文分類，有很多種方法。我覺得這是難到極點的工作。有時我甚至弄不清散文和小說的分別，因為它們已經不停地互相摹仿、彼此學效了，它甚至還會和詩歌調調情、掛掛鈎。三十多年前楊牧就說過，將來，文類的邊界要變得模糊（楊牧:〈三十年後的文學〉,《文學知識》，台北：洪範書店有限公司，1979）。但是，我還是會私下把散文分為兩種，它們各據光譜的一頭。對我而言，一種叫做「埋身」散文，另一種叫做「離身」散文。「埋身」和「離身」都是粵語，普通話裏沒有絕對相同的意念，讀者只能意會了。

「離身」散文有距離感，能叫人嘖嘖稱奇或搖頭嘆息，舉凡文化議論、現象探討、專業釋說或幽默小品，「離身」散文都能夠引發觀點上的「知音感」，這種共鳴能帶來相遇的歡喜。如果寫得好，這一類文字能開拓眼界和培養深度。培根、愛默生、余秋雨的散文都給我這種感覺。這種散文予人的印象總是好的，而且，只要作者學養精醇、資料充足，文筆又夠準確的話，這一類

散文可以一直書寫，作家的筆墨總不枯竭。優秀的專欄作家就是這樣生存的 —— 精於旅行的次次寫見聞，精於歷史的日日言掌故，精於味道的天天講食物，精於穿戴的長久說時裝，精於書畫的一生談運筆 —— 真正的專業是用之不盡的散文材料。這些專家式的散文來自作者的功力，讓我很佩服，卻不是我追求的。

「埋身」的散文卻只屬於善感和勇敢的作者。善感，故能認識自己和別人的情懷，懂得詮釋和接受各種各樣的關係、明白人生的定勢和異樣，深諳無常世事向人招展的常理。這種散文需要的能量，不是學養能夠提供的，也不是態度能夠配合的，卻是我最愛讀而且用心學習的散文。然而要寫得出這種散文，作者能夠做的很少。他只能被動地等待並不一定愉快的經歷。胡蘭成經歷了張愛玲，因此寫出《民國女子》；梁實秋也經歷了程季淑，因此寫成了《槐園夢憶》。然而，即使是這個等級的散文大家，還是只能在飽受失去的痛苦折磨之後才能寫出佳作，這不是「可遇不可求」是甚麼？寫得不好，「埋身」散文更會變成一個繞着自我旋轉的陀螺，別人看着你失速倒下，或幸災樂禍，或欲救無從，總之自我中心的散文家都「死」得很慘。

寫「埋身」散文，更要有被散文出賣的勇氣。本港一位著名的散文家對我說，他已經把所有親戚朋友都寫過一遍了，只怕再寫下去會「斷六親」，說時逗得我們都笑了。但細心想想，此話不假。除了寫親人，我們常常就只看見作家寫時事、作家寫作家、作家寫電影、作家寫潮流、作家寫語病、作家寫旅行、作家寫收藏、作家寫各大都會的食肆⋯⋯總之不寫自己的感情感受。

我不敢追求，只能等待。我相信，只要敢於查看和面對自己的內心，人人的生命都埋藏着一部《紅樓夢》、幾本「家春秋」，何況三數篇散文？我們只是在表達的功夫上力有不逮而已。偉大如《戰爭與和平》也必須記錄一個求人賙濟的細節，深刻若《兒子與情人》亦難免細述一個熨衣的場面。我們的日常生活中確實出現過許多狂人與阿Q、許多七巧和季澤、許多湘雲和探春，只是當他們一閃而過、而我後知後覺；有時自己忽然變成了他們中間的一個、而我不敢承認，我就只能告訴你，在寫作的路上，障礙物難以完全消除，包括我自己性格上的弱點，例如膽小和自衛。

也許有一天，我也能夠為自己多寫幾篇「埋身」的散文，作為年歲的標誌和與讀者往來一生這一場文字

情誼的紀念。但是否成事，則要等成事之後才曉得了。
讓我把這個心願交還賜我心願的天父吧。今天，讓我先
感謝你願意閱讀我人生真實的零碎以及當中不自覺的誇
飾，更感謝你用閱讀來為認真的文學打氣。

二〇一六年一月九日
荔枝角美孚新邨

目　錄

第二輯：紛紛開且落

第三輯：扶手電梯與我的膝蓋

第四輯：秦俑的手勢

第五輯：長椅的兩頭

第一輯：影都

茶餐哲學

　　香港到處都是茶餐廳。可能在旺角，可能在大埔，可能在離島小市集，也可能在中環的大廈之間那些滴着冷氣機污水的小巷，無論你走到哪裏，也會看見這些親切的小食肆。它不是上萬平方英呎的大「茶」樓，也不是鋪着兩重桌布的正統西「餐」廳。它有茶也有餐，舉凡奶茶、檸蜜、豆冰無一不備，午餐、晚餐，中餐、西餐一應俱全。這是典型的香港人拍烏蠅（「拍烏蠅」不等同「打蒼蠅」。前者描述無聊與無奈，後者用勁得多了）、躲老婆、刨馬經、造謠、賭波、趕稿、發白日夢（「做夢」太做作、太文藝腔了，「發夢」是「發」給自己看的，如同發芽，生趣盎然）、改作文、講耶穌（這和「傳講耶穌」不同，請勿誤會。「講耶穌」的人講的哪裏是耶穌？）、暗中相睇、傳銷產品、咒罵老闆或「發嗡風吹水」的地方，也是沒有任何餐桌禮儀、沒有衛生要求、沒有代客泊車、沒有制服侍應也不必付出任何花邊小費的地方——清清楚楚、義無反顧，眼不見為乾淨的樂園，

麻雀小而五臟全的自足天地。

在茶餐廳內，真小人真得可愛，偽君子無處偽裝。沒有人會為茶餐廳裏的一頓飯悉心打扮，只有真正的老友（見面時先對罵你兩句才切入正題的那種），方會約你到茶餐廳去。一個人的時候，你也會到此找尋個人角落。那均勻的嘈吵，總能為你創造安舒的空間，使你的精神高度集中。連平日引來尖叫的巨型蟑螂也能感染到這種平安——女士看見只會稍微移開，男士更樂意與牠和平共處。好友吳思源說，那冒失的傢伙若真的落在衣服上，他最多會用指頭輕輕一彈，送牠回到卡位的縫隙去。事情要分輕重，茶餐廳裏沒有人會為一隻全無惡意的小昆蟲壞了自己的情趣。往日，有資歷的男人（佬）最重要的是「睇報紙」，報紙和眼鏡中間的距離就是宇宙，叫人感到安全自在，權力無邊，此時若有一杯熱鴛鴦在手，為他的私人舞台添上點點飄動的煙霧，回家之時老婆再囉嗦也沒有甚麼大不了。

說到鴛鴦，真是港人的偉大發明。國人所謂的中庸之道，就這樣從茶餐廳每一個厚邊的杯子延伸發放，其深入人心的程度，使人吃驚——奶茶寒削，咖啡燥熱，混在一起才好。最討厭酒店或高級餐館的所謂「奶茶」，茶不成茶、奶不像奶的，幼條子液體由一個作態的不鏽鋼壺倒進白色瓷杯中，比水鬼尿還要稀淡。茶餐廳的「茶」，聽說是用雞蛋殼熬出來的，色調深得看不透，但營養豐富，濃鬱的苦澀中自

有一種「對得住人對得住自己」的深層肯定；香噴噴的微黃花奶也柔暖光滑，一看就知道那是處處留有餘地的成熟與圓融。奶茶中切入氣味略焦的咖啡，真是神來之筆。兩者一混和，香氣馬上變得複雜而神秘，教人疑幻疑真，像在過多的風霜裏澆入一點點灼人的天真。鴛鴦入口，那感覺獨一無二，除了香港人主理的店子，全世界的食肆都無法提供。

　　以前的茶餐廳沒有禁煙區，無論二手一手，人人都分得幾口；像慢慢滲入人群的失業率和通脹，這煙無處不在。但來吃東西的人好像已經把這種悲哀也算進生命的成本裏，咬牙不提了。平治後座走出來的負資產，出道倒楣到退休的窮光蛋，把大肚子放得鬆鬆的中年小康，校服襯衣跳到褲頭外的初中小子，全都願意在茶餐廳留下他們最好的時光。這些天，香港的日子有點暗淡。但這不打緊，此地一切，價錢絕對公道合理。下午茶，三點三，散佈港九新界每個角落的茶餐廳正此起彼伏，夜星那樣，一閃一閃地接力亮起來。

二○○五年八月十五日

茶包

　　家父好茶，對茶頗有心得。我去看父母，一定能喝幾口上等好茶。我自己呢，家裏只有簡單的茶包，一杯在手，連茶的品種都不大過問。父親見我只會泡茶包，不以為然，總是笑着搖頭嘆息，說你是我的女兒，怎麼一點飲食文化都沒有？但生活忙碌，茶包總比較方便貼心。那種長在左右、不離不棄的恩義，實在也只有茶包能夠提供。

　　小小的茶包蜷伏在手上，全無分量，只輕飄飄地浮在掌心，像未滿孕期就呱呱落地的小嬰兒，睡在那兒細密地呼吸着，弱小的生命躲藏在白紙的想像世界中，顯得那麼邊緣、那麼卑微、那麼無力無助、那麼難以置信。

　　原片的茶葉，在開水中會慢慢張展，以整全的姿容表達生命的尊貴，葉脈在熱浪中無限延長，葉面坦然向四方熊熊輻射，那種風度與氣勢，往往叫人對着杯底的景象肅然起敬。喝茶，不能不帶着敬重的心。

　　可是那蒼白的小小茶包呢，甚至沒有一張完整的臉，

裏面更早已肝腸寸斷。當日納入採茶人的手，即知不是上品，否則還會讓人撥去做茶包嗎？喝茶的人，若隨手拿起茶包就泡，當然也不會有甚麼賞茶的空間了。

但我相信，無論這小茶包多麼不起眼，當熱水的洪峰一到，茶的能力仍必得到釋放與伸張，且要放得更遠、張得更開。昔日那片葉子怎樣碎斷，驕傲封閉的自我也必同樣碎斷；所有利刃切成的傷口，今天都要蛻變為出路。越過薄紙的橫紋和直理，沒有固定形狀的茶香必率先起飛，湧動的葉色接着就要從所有方位徹底溢出，向剛下班回家那口渴的中年人，輕輕吐露晚霞一樣澄亮透明的顏色，黃昏一樣溫熱華麗的安慰。

一杯上品好茶，叫人眼界頓開、味覺嗅覺登上造物的極峰，是錦上之花，不可多得，能夠提升我、拓展我，也許還會要求我表達真心的讚譽。微小的茶包呢，卻甘願助我走過許多辛勞與瑣碎，乃雪中之炭，願意竟日相扶，叫我更明白感情，更懂得生命的平凡之樂、零落之美。最叫我感動的是，這小小的茶包竟然一點要求都沒有，只在我需要安慰的時候，用一截短短的棉繩，柔和地牽着我的手。

一九九九年一月六日

彩店

　　春天還沒走遠，母親就把一家老小的冬衣都捧了出來，攤在陽台上曬。這樣一攤又是一年，我們竟在這短短的橫街上足足攤上二十多年了。每天進進出出，這舊樓的木梯——已經被鞋底磨出亮光來，那吱吱的叫聲也就變得更理直氣壯。街上許多舖子，換了一回又一回，以前賣芽菜和豆腐的，今天成了快餐店，那專門賣米的，早換了一所小規模的超級市場。街口那祥生大押也算是夠頑強的了，守上有數十載，總以為可以撐下去，誰料一夜之間就變了電子遊戲機中心，呼必呼必地引來一大群孩子。午後，陽光朗朗地敲進小街來，把那些絢麗繽紛的新款自行車照得耀眼，在它們蹦跳的鈴響中，孩子們好像長高長得格外快……

　　一切都變了，就只有這一爿賣祭作的店子，仍執持着舊日的一些甚麼似的，擠在中間，每天打着那些大紅大綠的旗幟，似乎還沒有撤退的意思。

　　從前面看，這店子老擺着個擠擁忙碌的派頭，高低橫

豎的掛滿了七彩繽紛的紙紮。一根柔軟的竹篾，幾塊薄得透光的彩紙，就糊成了各種離奇古怪的東西，有時像一盞燈，有時像一串黏黏連連的圓盒子，有時竟是一套咸豐款式的衣服，還有許許多多説不出名堂的玩意兒。這些紙造的，有個共通點，就是都那麼輕飄飄的，徐徐擺動，發出一種嘆息般輕柔的嘶嘶沙沙，一派隨時乘風歸去的模樣，讓人覺得這種熱鬧終究是短暫的、單薄的。凡是淒風苦雨的夜晚，我就會閉眼想像，那些終日插在店門旁邊的五色小風車耐不住子夜的寒涼，蒲公英似的飄到我們的陽台上來尋求溫暖⋯⋯

每逢清明盂蘭，或是祖母的忌辰之類，母親就會差我到小店兒去，買些香燭衣紙回來。初時我拿着這些金邊銀角、姹紫凝碧的小方紙，還覺得蠻好玩的，老偷起幾塊來剪剪貼貼，摺鳥做船。日子久了，知道這是燒給死人的，竟漸漸心空起來，放着不理了。晚上，母親拿了滿盤子的金銀元寶，恭恭謹謹地往街上走，點起一盆澄黃的光，把這些燦爛絢美的紙張統統燒掉。我站在她身後，看火舌兒飢餓地顛撲，像一綑金燦燦的蛇群在那裏掙扎打纏，一下子化去那摺疊了好半天的元寶衣裳，心裏就有一種奇怪的空靜。那時我想，那過去了的人若真個有知，當無怪我們奉獻的不外一塊薄紙，只消知道母親如何放下整天工夫，摺摺捏捏的坐上三兩個時辰，就該打從心底裏感動，庇祐我們一家子。

儀式過後的早晨，一定有風，捲起街角團團簇簇的灰

燼，和幾片錯時的黃葉。光天化日之下，這低迴的舞姿讓人感到那幽冥的國度並不那麼僻遙。我試着拾起一張燒餘的衣紙，焦去的一半立即風化，黑色的粉末驟入空無、不復能見，依然鮮艷的另一邊，卻仍扎扎實實的在我指縫間抖動飛揚……

　　我抬頭望望那小店，不期然產生一種莫名的敬畏。它高懸着的紮作即使仍在風中飄飆不定，已經不如往昔那樣無根欠據了，而這裏面經年躲在櫃檯後面的店主人，也忽然變得智慧起來。轉念之間，我竟對他產生了濃厚的興趣，很希望知道這樣的一個人，究竟如何同時是我等族類、薄利謀生，又與鬼神打點衣食、交友往來。可是任憑我伸長了脖子，仍只看到那麼一點點：他穿着深色的唐裝，頭髮灰白，手指和骷髏一樣瘦，就只多了十個拱型的指甲，顫巍巍地鉗起一紮香，遞將過來。至於他的樣貌，唉，這裏面的燈光也實在太暗了，雖然滿舖子都是彩木鑲成的小圓鏡，和長長短短的赤帶紅綢，説是能驅昏逐晦的，仍教人感到沉沉漠漠，越往裏看越是茫然，像有一個隧道的口子在那裏張着，永無止境地通向一個不為人知的地方……

　　但無論如何，這多色的店子仍有它歡愉和煦的時候。中秋一到，飽滿渾圓的彩燈就一盞一盞地升起來，向每個過路的孩子招手。這些花燈的模樣，真是千變萬化，年年給人意外的驚喜。早些時我們看見的，不外都是些金魚楊桃，鮮

紅嫩綠地擠在那裏，神態樣子直是真的一般，只都那末肥肥胖胖的，圓潤中帶幾分旺盛的笑意。那時我們買不起這些，只有仰頭羨慕的份兒，站在那裏，用眼睛分享這高懸的人間歡樂，臨行揀個風琴式的小筒燈，便算是美滿的一秋了。不意到了近幾年，孩子們跑來指指點點的，卻是那翹首作勢的火箭燈，和那盞躍躍欲飛的太空穿梭機。想不到這小店子也還是緊緊隨着潮流走的。我正納悶這些繁複的製作是否也有虛空的心懷容納一燭半火，卻聽到那孩子對身邊的同伴說，只須有一枚小小的筆芯電，這燈就能照亮到天明。

中秋去後，花燈突然消失了，這小店竟又像個虛偽陪笑的花臉，一轉身就是原本的深沉。看得多了，平日花花綠綠的門面，終究掩飾不住那骨子裏的冷淡。有時我倚在陽台好半天，也看不到一個顧客打那兒進出，好生奇怪，心想大概真有鬼神在背後贊助撐腰，這舖子才不至於改頭換面，變成一所時裝店⋯⋯

日子便這樣平平穩穩的溜走了，這小店固執地夾在漢堡包和可樂罐中間，擺出它那人不犯我、我不犯人的和平模樣。直至那天，我才發現它竟然霸道得教人心悸。那時重陽剛過，氣候恍恍惚惚的難以捉摸，曬着太陽還有些熱，走到陰處就覺着幾分輕寒了。我蹦跳着正要去買粥點作早餐，才到小店，就幾乎與一堆攔路的紙作撞個滿懷。我驀地收起腳步，一顆心忐忐忑忑跳起來。眼前是一所紙糊的三層大宅，

廳廳房房加起來有十數個，個個擺設齊全，一派從容優裕，哪來我們習慣了的凌亂擠迫？大門上一塊橫匾，寫着「榮華富貴」幾個大字。我呆住了，這是個多麼坦率的夢啊。喑，這裏面還有雜物被鋪，各自放在適當的地方。

　　大廳中間的方桌上，還恭恭敬敬地端立着一副麻將牌子，似乎正在等候一個熱鬧的聚會。靠牆的那邊，小几上的電視機早已扭開了，一張似在唱歌的臉正向廳中的寧冥凝固着。看來這腳底下的世界，並不比我們的有趣，要不然也毋須把這林林總總的人間娛樂也一同帶進去了。我覺得好笑，竟真的站在那裏笑了起來。就在這時候，那瘦瘦的店主人忽然走了出來，手中握住一個漬染的瓷杯子，向路上一潑，把泡過的茶葉撒了一地。我抬頭，就見他正幽幽的看着我，像怪我在不該笑的時候笑。我感到一種深寒，自足踝迅速地升起。一回頭，赫然是一輛墨黑色的小轎車，正蓄勢欲來。我急忙躲閃，才曉得那也是紙糊的，卻脹蓬蓬地幾可亂真；裏面怔怔坐着一個制服井然的司機，雙手緊握着方向盤，專注的眼睛釘死在一個遙遠的點上，臉上一副矢志不移的淡靜。我順着那目光望去，只覺心中蕩然無着。一定神，眼前的風景依舊，一幢熟悉的樓宇，溫柔地接住我徬徨的視線——

　　我輕輕噓出一口氣。迎面這戰前的舊樓，已經很老了，牆灰剝落處，石榴綻笑似的爆出許多磚石的殷紅。一群鴿子盤旋練飛，那白色的牆壁就在牠們閃爍的翼影下反射着

早晨金色的陽光。露台外面，一件件猶濕的衣服參差舞動。衣架後面那些泥盆子，溢着幾泓飽滿的青蔥。滿屋子的人間煙火，正向着我款款游來。我快步掠過那沉悶得發慌的紙店兒，向車水馬龍的大街走去……。

一九八五年春

租庇利街聯想

　　香港的街道譯名很有趣。殖民地時代鬧的笑話很多，如把油麻地（往昔叫做油蔴地）的 Public Square Street 翻成「公眾四方街」就是一例。當時的中學英語課上，老師必以此為笑柄，讓同學引以為戒。後來政府重譯街名，改為「眾坊街」，於是皆大歡喜，人人樂用，乃一小小德政。街名中也有翻譯得充滿美感的，我最喜歡的是九龍塘的「蘭開夏道」，沒有甚麼大理由，只因為名字中有花朵也有季節，更有燦然一笑的開綻畫面。

　　前幾天經過中環，看見相識多時的租庇利街路牌，忽有所悟。有店子或寫字樓「出租」，就「包保」你有「利潤」，這難道不正是中環歷來的寫照、香港今時的現實？有租即有利，有物業出租者必獲厚利；集合小小的空間，就能帶來大大的地皮，大大的地皮又必變成層層疊疊的小空間，為業主換來更大的利潤。

　　「租庇利」的英文是 Jubilee（禧年），出自聖經，指的

是「第五十年」。猶太人和我們中國人一樣，用的是按月亮週期編成的年曆。他們對「七」這個數目十分重視，認為那是圓滿、完美的意思。上帝用六天創造宇宙萬物，第七天就休息了。聖經明明說上帝不睡覺，連打盹都不必，那麼，他為何需要休息？

原來需要休息的是人，安息日是讓人離開使人暈頭轉向的工作，好好安靜下來感謝上帝賜恩的日子。上帝不但讓人休息，祂還命令以色列人的領袖摩西頒下律法，要祂的子民在進入應許地之後，每耕種六年，就停耕一年。祂還保證，第六年的農產會倍增，讓以色列人不致「吃光穀種」。三千多年之後，我們終於相信地真的需要休息來復原了——因為讀書讀得夠多的農業專家和地質學家都這樣說——上帝的話反而已經很少人會聽了。

不耕作的那一年，地還是會自己長出一些東西來，這當然也包括糧食。上帝頒令說，這些糧食地主不能收割，只有無地的窮人可以採摘來果腹。地主要吃的是上帝承諾於第六年倍賜的農產。如果我們每工作六年，就有一年的有薪假期，多麼理想啊！(我讀大學的時候，港大就是行這種制度的。每過幾年，教授們就可以放假到世界各地去做研究或旅行，以增廣見聞。如今可能再也沒有這麼可愛的顧主了。)

人和土地總是連結在一起的。沒有土地，人能夠住在哪裏呢？在當時的社會裏，以色列的十三個支派（以色列三

大族長之一雅各生了十二個兒子，但後來因為他特別疼愛第十一子約瑟，給了他兩份地業，約瑟的兩子各得一份，故最初以色列共有十三個支派）中只有十二個能擁有地業，無地業的是利未支派。他們全都出任神職人員，生活所需，來自百姓獻出土地所得的幾分之一。

但這一切和租庇利街有何關連？原來以色列人不但要每七年休息一年，更要在第七個七年休息之際，把買來的土地物歸原主。這樣，因一時周轉不靈賣了田產的人就可以重新得到耕作的田地，能夠自給自足了。換句話說，到第五十年，財產就重新分配了。但，且慢！那麼對付錢買地的人豈不是很不公平嗎？他可是用真金白銀把地買回來的呀，這和早期共產黨對待地主的方法不是非常相似嗎？這樣的話，還有誰會去買地呢？

這問題連信徒都會不斷提出。答案很簡單，只是沒多少人知道。原來當時的地價是浮動的——離開禧年越近的日子，同一片地的價錢就越便宜。換句話說，這「地價」其實是一種「租金」。禧年一到，地就必須歸還原主。地和人，有一種由上帝所賜的關係，不能胡亂買賣。一時赤貧無助而賣身為奴隸的猶太人，若把自己賣給弟兄——猶太人的話，主人在第七年必須讓他重獲自由，並要賜他種子和牛羊，幫助他回到他自己原來的地上畜牧和耕種。古代希伯來人的律法，其實比今天的法律更能保護窮人。

那麼説，「租庇利」，該「庇」誰的「利」？上帝的看法和地產商的看法顯然南轅北轍，而我們必須二擇其一。

二〇一五年四月二十五日

西邊街

我不再感到這陽光，這氛圍，這相望的距離
我已打開那道門，向妳的世界走去

——白萩

（一）

我們搬到西邊街的時候，瀚兒剛滿周歲，小雋雋還得多待一個月才「面世」。老人家都說懷孕期中是不該搬家的，怕動了胎氣。我們卻是迫不及待想回去，回到書生意氣的西營盤，靠近回憶、靠近往昔仙凡皆半的歲月。

沒多久，我已半跪在牀上，緩緩把茶色的窗頁推向西邊街溫煦的日頭。「以後，」振榮淡淡地說：「我們的收入，半數得用在這房子上。」他雖微笑着，我仍感到他說話時那落在心頭的重壓。我回過頭去，正巧看見他的目光，落在對街的黑瓦頂上。自己快是兩個孩子的媽媽了，如今已經手忙

腳亂地追着瀚兒灌湯餵飯，一個月後，多加一個哭叫不停的小雋雋，我想自己總有好一段時間不能工作了，只靠一份薪金……

「不用擔心，省着用一定能應付過去！」忽然我聽見自己平靜地說。他不答話，低頭向睡得深熟的瀚兒吻下去。年輕爸爸都愛親孩子，這景象我怎不愛看呢？尤其那人是他。新換上的棉質牀布上，午後的陽光浮游在淡黃淺米的交替方格中，把瀚瀚的臉照得透紅，振榮的頭髮混進他的短髮中。一種情感的波浪正輕輕湧上我心頭的長灘。自此，我們一家的歡喜與擔憂，就如南牆下的碎草古松，深深淺淺地在這小街上扎根生長。

這小街再簡單不過了，斜斜倚山而睡，早上一伸腰就長了一截，想是夜露清涼，星光滋潤，街上車子未多、一氣貫通的緣故。孩子們上幼兒園，爸爸們上班，小狗兒對準燈柱子撒尿。走到街上，往下還是往上呢？往下是生氣盎然的煙火人家，街坊在晾衣澆花，提籃買菜；幾輛神氣的嬰兒車，載住些胖得不能再胖的小娃兒……往上仍舊是書生的天界，雖然再沒有苦讀的清寒或吟誦的沉鬱，都只餘些十九歲少年無聲的球鞋貓步，輕得像風一樣，去去來來都夾着笑語和飛髮，但那彎宮氣派，仍自大學道頂端的柏立基書院，越過藍瓦湧動明原堂的褐磚石凳，掠過六層巍立的玻璃圖書館、紅石梯，沿着那蠢向天藍的中央大樓滾滾而下……每

次出門站在西邊街寬寬的行人道上，我總不禁回望，來處風急，我不再屬於港大湛藍的泳池水與同心的紅跑道，今天已是兩個孩子的母親，自然是往下投入人群，安排三餐、暖衣淨枕。縱然依依告別我唯一的少女時代，你若要我回頭，我更不能割捨的是一個小孩一面學步一面喚着媽媽的神態。

西邊街嘛，就從我略略猶豫的腳步開始，一直滾瀉到海邊。是那種通透的感覺嗎？自街口往下望，這街是長長的一條薄巾，微起微伏地展卷而下，最後飄入了維多利亞港的偏西水域。那海，淡淡的鮮有激濤，卻滿是翻飛的閃閃碎光，如星陣，如鱗布，上面飄着三數艘船。船不見在動，但當你回頭再看，卻又已是另一個佈局，另一種漂泊，另一類風景了。我常記不牢它們的方向。留在感覺裏的，就只有霞氳一樣、明明存在卻又說不出來的氣息。有時看久了，還會發現幾片閃亮的鷗翅，逡巡於海色的浮動中……

（二）

在輕淺的藍灰裏，英皇書院堅實撲眼的紅磚和黑瓦，真是奪目極了。然而那種惹眼的力量卻是深沉的，又何止絢麗？方正的磚紋，一彎一角，屬於這一片磚，也屬於那一片磚；屬於過往，也屬於今天。門是有深度的，拱頂內側推開一瓣，裏面還有深深的長廊，廊側又如枝上的葉梗，一扉向

着一扇地排列着許多出入口。有時我抱着雋雋走過，指指點點，她愛看的是小池塘裏若有若無的魚兒，我好奇的，卻是那被關在紅磚裏面的「從前」……

憑窗外望，是那深褐近黑的瓦頂，傾斜面剛巧向着我們睡房的四頁窗，日日夜夜把街上的氣候反射進來，柔和地照亮簾後幾片米白的牆壁，使它們煥發成變化，閃爍出神態與光影。瀚兒最愛站在牀上，他為外面的世界傾倒，常做出一副正在思想的神態，不時卻大叫起來：「雷雷啊！雷雷車車啊！」起初我不懂得甚麼是雷雷車車，後來才曉得所謂雷雷，是指那些大貨車攀斜坡時的低喘聲。它們在只許上行的西邊街攀爬，不斷冒汗噴煙，身軀笨重如牛，不時換速透氣，果然是吟雷一樣。我曾對這聲音感到煩厭，但自從瀚兒用興奮的心去迎接它，一次又一次地等待它，我倒也逐漸學會了喜愛這些用功上進的重型機器了。看着那些橙紅葉綠的大甲蟲吃力地往上爬，背上負着那欖形的水泥混凝器，邊走邊攪拌着，心裏頓時憐愛交加，反感覺快活的小兒子心如鐵石了。我跪在牀上，和瀚兒高低相若，才知道他能看到的到底不多，只是半猜半懂地，摸索街上發生的事。然而，當那雙鴿子降落到英皇書院的屋頂上，他卻看得清清楚楚。其中一隻連躍了幾個碎步，趕上牠的心上人，親熱地碰碰挨挨的當兒，他總會打自心底裏甜笑出來，高興地説：「媽媽，雀雀！媽媽來看雀雀！」

鳥兒確是常常飛來的。夏天的黎明，五點就到了，牠們的鳴叫必也十分準時，啾啾地唱着歌，聲音好像都落到我們米黃色的簾子上。閉着眼，老覺得那些小麻雀就依在牀邊躍步。我喜愛此時那種似醒非醒的感覺。也許我並未完全自昨夜的疲累中恢復，但我知道簇新的一天已經來了，而那到臨，竟像是無比新鮮的、前所未有的一件事，惹得一切小鳥都用又尖又巧的小嘴驚詫地叫喚起來。這時候，如果我沒再重新入睡，也必然聽見街上的木頭車轆轆地響，偶爾還帶有推車人朗聲的談話。三數句，夾在木響鳥鳴和腳步聲中，真讓人感到美滿……這些聲音，我只在很小的時候聽過，那時我們住在廣州一條由青石鋪成的內街裏，天還未亮，就有人在井邊打水，一面款款笑談，不時水聲暗和，忽然會有一兩下腳踏車的鈴聲蹦跳到我們坦向夜霧的陽台上來……

　　當一家人都起牀了，孩子們換上了乾爽的尿布，我再次向滿滿澄光推出半掩的窗扉。記得搬來不久的星期天，我們才收拾牀鋪，一個綫長遒韌的聲音就像飄帶一樣，自屋外向我們浮泛而來──磨鉸剪──鏟──刀──

　　瀚兒自玩具堆中猛地回過頭來。那時他才滿歲不久，未會説整句的話，但那歌謠一般的鄉音，竟也能深深地打動他。他往牀上爬，找來睡枕墊着腳，把小鼻子拚命推到窗欄外，決心尋根究柢。我隨他往外望，甚麼都沒找到，只見英皇書院古舊而神氣的容貌，在旭陽中發亮。「真難得，」振

榮說：「現在還有人做這一行嗎？」我想了想，回問道：「我們的剪子不是都鈍了麼？」振榮笑了，搖頭說：「我們下去看看好了，少用剪子做藉口。」於是一家四口便走到街上去。然而我們踱了好半天，也還是與那打磨刀剪的老人家緣慳一面。可三數天後，瀚兒已學會了那句謀生的話，惟說來糾纏不清，嘰哩咕嚕的，只有末尾一個「刀」字才唸得比較清楚。不過那腔調語氣，倒是十足十的相仿。一老一小，自此相和於一首溫暖的童謠，哪怕見面不相識，心底卻早已熟稔。

（三）

然而懸浮在西邊街上空的，又何止這柔淡的短歌呢。少年時總嚮往外國小鎮上那許多尖頂的小教堂，更嚮往裏面幽靜清靈的誦唱，沒想到這兒也有。每小時一次，禮賢會教堂的鳴鐘會鏜鏜打響，低盪而來，重霧一樣凝游在地面上，輕輕綑住附近一帶的房子。無論街上多麼吵雜，這深沉平和的鳴響，這金屬的長顫總能到達你的耳朵、到達你的心靈，使你在忙碌中一下子就清醒過來。到了星期天，那鐘聲卻又變了，變得欣悅騰躍，錯落有致，猶如一群少女在搶着說話輕笑。早上十時許吧，步往聚會的信眾走在老榕樹的影子下，一片悠閒平靜。那鳴鐘如歌如澗，綿綿不絕地濯洗而

下，沿着傾斜的西邊街，迎着信徒的腳步，把崇敬拜望的謙卑之情緩緩引進我凡俗的內心……

聽鐘真是一件美事，但如果鐘聲裏，更有一片薄月，澄亮地彎在酒藍的天際，那就更美得無匹了。那個晚上，我坐在地上接聽舊友的電話，因為熄了燈，屋子裏有種涼涼的安恬。此時一鈎下弦月漸漸自夜色中浮現。仍未深濃的藍色，透徹如水幕。正自入神，小教堂又傳來了鳴鐘。我悠然掛上了電話，只見窗花上懸不甚穩當的小白弓，似乎正偷偷隨着那鏗鏗清響舞動起來……

（四）

仙界不高，凡間更接近。西邊街上四溢泥土的氣味，隅隅處處皆是煙火人間。一出門往海邊走去，右邊就是那編賣籐器的小攤子，一半埋於後巷，另一半卻迎向雨露陰陽。那整天都在工作的老人，在各種籐器之間坐着，從不說話，身邊一隻貓也不見得怎麼多言。每當我不覺放緩了腳步，偷看那些款式古老的椅桌與架子和方正不阿的籐書包，心裏就湧起一些回憶。啊，是那碎花的階磚地嗎，是那陽台和外曲的石欄杆嗎，是童年嗎……

怎不是童年呢，西邊街縱然已風塵遍地，卻仍是童心正旺的一道長廊，一點曲折都沒有，就把人引入了回憶。往

下再數步，你看！一缸一缸的澄水裏，正是白萩筆下那「因於冰冷的水的現實」，那一團一團的「火的理想」！

「魚魚啊！」瀚兒興奮大叫，小金魚游得更俏了。

「依倚啊！」小雋雋學着大嚷，探前了半個身子，考驗我的腰力，振榮一手按住大兒子，另一隻手忙着伸來護住小女兒。

賣魚伯伯向孩子笑了，馬上向攤頂一指，道：「叫媽媽買個『叮噹』啊！」

小娃們馬上仰起頭，留下金紅的魚兒在困圍中繼續游泳。牠們一生中游了多少里？誰去算呢，反正牠們一天仍活躍，西邊街就有了生氣。我看看孩子們的手在空中晃動，深覺生存不但是一種活動，更是許多的嚮往與追求。小魚兒撲向紅蟲的時候我如是想，孩子仰頭向攤子的玩具伸手時我如是想。

好不容易才離開了賣魚也賣玩具的小攤子，瀚兒忽然大叫：「呀，去呀，隆隆車呀！」

振榮和我都曉得「隆隆車」是地鐵的代稱，但西邊街哪來的地鐵呢？混亂中隨他的手指望去──天呀，這傻孩子，竟指着一個地下公廁的入口！

我們笑得人仰馬翻，他卻非常認真，小妹也來附和，結果因為我們沒走進公廁，他差點哭了起來。幸而我們及時來到那路邊的小理髮站。

「別哭了，看！」瀚兒邊掉淚邊扭頭回望，道旁一列鏡子正反映着我們一家人滑稽狼狽的模樣，前面一個男童，肩上披了的確涼布，正襟危坐，眼睛透過鏡子，骨碌碌地瞪着我們。瀚瀚不哭了，他最怕理髮呢。拿着剪子的伯伯回頭一笑，他就更加噤若寒蟬，伏倒在爸爸肩上……

好艱難才走到修補皮鞋的攤子。我向那精神矍鑠的老人家形容自己早兩天拿來修補的涼鞋。他抬頭稍微看看我，半轉身就把我要的東西找來了。付了錢，我們正要離去，他忽然說：「要是還有甚麼不舒服的地方，儘管再來，不收費。」

我「啊」地應着，不很相信那洪亮扎實的聲音屬於這位瘦小的老人，正呆住，他忽然自小竹凳站起，順手就把它舉得高高的，又道：「看見嗎？它也許比你還要大！我在這裏坐了好長一段日子了，街坊們來了，只消看看我的小凳子，不用看招牌。」

那小竹凳原是淡黃的竹莖做的，過了這許多年，人氣旺着，早被磨得光亮生輝，黃褐交融，十分好看。我們忙應說是，請他繼續就坐，才恭謹地離去。

回家不久孩子睡去了，我這才有空把腳套在修好的鞋子裏，真好，堅固如新，卻又柔軟溫馨，分明是故舊的舒適。我走了幾步，說好極了。振榮回道：「怎不再買一雙呢？」我沒答，只搖搖頭，他又說：「老捨不得舊東西。」

我說：「我是一流好妻子，替你省錢。」他哈哈笑了，分明滿足得緊，卻習慣地要挖苦我：「感性的人哪能成大事！」接着走進了廚房，把自正街市場買來的東西放在水盆邊。我看着那鮮紅欲滴的蕃茄，嫩黃的玉米，線條柔和卻並不呆滯的雞蛋，青綠的菜心，忽然心生一計，狡猾地說：「我成不了大事，你來燒飯好了！」

此時，街上的燈都亮了，浮上來的盡是歸人匆促的腳步。忽然我擁着他，心裏暖得發燙。我們已不必再趕路了，西邊街靠東的小樓上，不就是我們的家麼⋯⋯。

——寫於八十年代後期

搭檯

請勿把將來的光景告訴我，即使你知道。因為
世上再沒有比這更殘忍的事了。

假日早上，酒樓開始應接不暇。人潮湧向杯碟鏗鏘的
地下大廳。半小時東方蘋果，六個八特平點心，兩個人水仙
壽眉，就是可嘆的世界。一張檯四個位子，每人分得等腰小
三角一小片，如今兩角已經放了杯碟筷子和辣醬，另外兩角
好像早已用過，沾了些汁液茶漬。不大乾淨的白色桌布，像
剛剛給熨過的髒衣服，舊了，仍講究面子；茶壺翹着破嘴養
着大滾水，不正是最好的熨斗？水已經開始變黃，無耳杯裏
浮游着幾條瘦弱的茶枝，等怕熱的嘴唇冒死啜入然後吐出。
並坐的中年夫婦一句話沒說，娛樂版遮去了一張臉，超級足
球隊抹去了另一張。冷氣吹得報紙上角輕輕發抖，女人打了
一個噴嚏。半禿的男人挪出頭來看了一眼，又瞄瞄頭頂上的
出風口，用手指揪住女人的衣袖。女人站起來，兩人熟練地

換了位，卻沒換茶杯。點心到了，女人用筷子頭戳戳男人的手臂，男人如夢初醒，放下報紙，兩人就喝起茶來，茶已經不十分燙口了。

侍應生帶着兩個陌生人來了，看來也是夫妻，同樣帶着報紙。男的三十出頭，少婦挺着大肚子走路。侍應生為女人拉開椅子，讓她坐下。「要甚麼茶？」男的應道：「香片，滾水。」侍應生聽了不做聲，默默把原來髒了的桌布捲起，往先到的夫婦那邊推。中年男人見桌布邊條子往自己滾過來，下意識把椅子往後挪。女人也忙把點心移向自己，好騰出空間。新桌布在另外一邊打開，也捲着一半。香片和水都來了。年輕男人飲香片，女的喝水。男的打開報紙。女的說：「等六天才等到你放假了，你看報紙。」男的不則聲，把報紙收到膝蓋上，伸手去添茶。「原先的都沒喝過，斟來幹甚麼？」男的手半路停住。茶壺吊在空氣裏，過了一會，半放半砸地落在桌子上，杯盤震動。中年女人巍然不動，此時正把燙口的瓜脯放進口裏，放得好好的，不偏不倚就在唇圈中央，放好馬上合起嘴巴，一點聲音都沒有地慢慢咀嚼，很享受的樣子。震動之後輪到中年男人拿起茶壺。清澈的壽眉從高處流下，安靜地落入杯子裏，水波蕩漾，卻一滴沒淌出來。

水光閃動處，稚氣未脫的孕婦看着新桌布，眼睛滾出一顆水珠。她的男人不知怎的竟然又在斟茶了，這一次，不

自覺地竟要斟對面男人的杯裏去，幸好發覺得早，趕忙縮手。他的女人自顧自地說：「明明知道我不能喝香片。」男人聽見有點焦躁，忽然抓起茶壺蓋，叫人加水。侍應生應了卻沒來。氣氛有點僵。女人於是又拿出紙巾醒鼻子，鼻涕咕嚕咕嚕地叫。男人見她忙着，又趁機偷偷瞄瞄膝上的報紙。

中年女人氣定神閒地對丈夫說：「還要吃甚麼？你來點罷。」中年男人回道：「飽啦。」「飽啦你？才只吃了兩個小點。」「吃來吃去都一樣，膩着。」「一會兒別叫肚子餓。」男人說：「你看你，胖成這樣子還吃。」「你好瘦啊？肚子領路。腸粉？蝦米腸？」

「腸粉？」年輕男人從對面的交談中取得靈感，趕忙提出建議。女的看着桌子點點頭。「牛肉腸？」女的又點點頭。「你那邊冷嗎？」還是點頭。「哎喲！」「甚麼？」「他踢我呢。一睡醒就踢。我不開心的時候卻總是睡。」「那麼說，你現在開心了嗎？」「不知道。」「還要吃甚麼？」「隨便好了。我肚子餓。裏面的也餓。」男人顯得有點興奮，再度舉起手來呼喚侍應，放下來的時候順勢伸到女人的大腿上。女人的手輕輕地也放到他的手背上面來。兩隻手就這樣拉住了三分鐘。然後男人笨拙地用單臂舉起報紙來看。桌子邊沿遮住了風月版，足球明星後面正是日本三流女優的半裸照。男人偷偷看了幾眼，口裏卻說：「又一宗殉情跳樓。白癡。」女人白他一眼：「你才白癡，人家疼惜老婆，生死與共，像

你?」「疼惜老婆就要死?死了還共得來?」「你就要跟我抬槓。」男人只得靜下來,仍看報。女的再說:「等六天才等到你放假了,你看報紙。」哎喲,回到原來的起點了。男人有點氣惱了,爭辯道:「我星期三下午才陪你去看醫生,根本沒有六天。」女人又道:「你就要跟我抬槓。」這次進展得快一點了,淚水又充滿女人的眼眶。

是前輩開口的時候了。「有線電視好奸,原說每月198,優惠完了變成298,竟然不通知。」女人說。男人放下英超聯版:「有甚麼奸不奸的?說明是優惠,時間一定不長久;恢復本來面貌,理所當然。」女人聽而不聞,繼續說:「如果不是因為你這個超級球迷,我早就退了它,三百元夠在這兒飲好多次茶了。」男人把足球版攤開,攤得更大了,伸過頭來輕佻地問:「為甚麼女人都喜歡碧咸?」女人笑起來:「因為有頭髮。」男人自討沒趣,瞪她一眼,忽然瞥見對面的年輕夫婦也在忍笑。剛哭過的年輕女人眼睛還有點紅。中年男人尷尬地問:「走了吧?要不要去超級市場?」說着,就站了起來。他的女人仍坐着:「你急甚麼?還未結帳,時間多着。」男人於是又坐下,彷彿從未離開。有一刻,四人相對無言。忽然,年輕男人把一隻筷子碰倒地毯上去了。又有事做了。他再度向遠處忙個不停的侍應生揚手,像在做伸展活動。

這時,鄰座一個未足周歲的嬰孩大哭起來。四人一起

把頭往那邊扭過去，分享一幅人間美景。如同很有默契的好朋友約定星期日在這裏喝茶一樣，他們在小得可憐的方桌上放下了新舊兩張檯布，擁擠着度過了一週裏最幸福的時光。

二〇〇五年七月二日

長椅的兩頭

晚飯——
餞別羈魂一家

　　每逢相約晚飯，多時未見的面孔不是漸見圓滿、不再清秀，就是斑多色弱、英氣全無，惟獨笑容永遠不變；兔齒仍是兔齒、黃牙猶在發黃，酒渦依舊深可挹酒，角紋猶自拐彎抹角。一笑一哭，人心盡展。然而若未同歷生死，豈有甚麼相對垂淚的光景？惟有笑容笑聲，叫人愉悅，愉悦始能生情，有情始能成知己。回首童稚，哪個好朋友不是快快樂樂地笑出來的呢？

　　笑了一整個晚上，臉上肌腱不免疲勞緊張，笑靨頻臨抽搐。筵席既散，惜別依依；説再見時，總有一種必須重敘的強烈情感，相約喝茶品茗之聲不絕於耳。只是一回到家裏，瑣務繁多，案頭堆着孩子的功課、叫你過目；几上放着老闆的口信、着你回覆。走進浴室，始知牙膏用罄、香皂失蹤。見面時的開懷朗笑，分手時的至性深情，馬上變成皺眉和鼓腮。睡到牀上，一讓臉龐肌肉好好地放鬆，心靈馬上掉進透支的低谷。是的，透支。透支了生活的歡愉，透支了友

誼的深度；此刻撫摸着褥子和被鋪，真是渾身無力，無力承受相逢與分手的沉重。

於是一別又是三年數載，消息不通。若非有人移民嫁女，難得再見。雖然活在同一座城市的圍牆之內，心也相感相通，但世事茫茫，人與人之間就有了山嶽之隔。WhatsApp 近在咫尺，Facebook 遠在手邊，然而天天動手去按的鍵鈕與號碼，總不屬於那與你吃晚飯的交好。話筒裏，盈耳都是陌生的聲音，叫你開會交稿；電郵中，滿目盡皆冷硬公文，催你回應答覆。友人的歡呼與嘆息，實在無法知曉。

人越寂寞，就越想念好友，越想念就越珍惜，越珍惜就越收藏。忘不了，也找不着。但那流失了的不是感情，只是感情的言語。人生確是一台戲。曾經是演出的對手，戲假情真。如今輪流上場，也自不必互相尋找，以免壞了劇情。

但我對你的惦念，必定一生相隨。

補記：這篇短文是在羈魂一家世紀初移民澳洲前與他話別後寫的，那時，尚未有 WhatsApp 和 Facebook。這兩個名詞是今天改換的。原文是「電話」和「傳真」。

牆窪

　　小商場總讓我想起洛陽伊水的龍門石窟：店子一個一個從平面陷進去，猶如挖掘而成，所以很淺、很小，彷彿一個「茶匙窪」給打橫豎立起來。有些較深的，是正式間隔出來的店鋪，但也不大，打着燈光，把涼茶的碗和玻璃蓋子照得亮晶晶，魚蛋燒賣和一點都不小的小丸子也油光閃閃。珍珠奶茶因為塑化劑事件結業了，粵曲唱碟進佔其位。幾家時裝店擺出很貴的貨，說是日本進口的，卻一直沒有生意，衣服變舊。估計店子是他們自己的，女老闆坐在那裏挫挫指甲似乎就撐下來了。

　　然而，店子和店子之間還有許多牆角和彎位，深不過一米，寬也只有三四米。這就好玩了。以前，這些小角落用來擺放節日的裝飾，例如聖誕時放兩頭紙造的小鹿（不是為聖誕老人拉車的那些大鼻子鹿），春節時放幾個恭喜發財的娃娃和大串爆竹、利是封。漸漸，裝飾都撤退了，商場老闆竟然想到連這些小角落都分租出去。利之所在，年節算是甚麼。

有時我會懷疑：這樣的一個牆上小窪，也有人來租嗎？後來我吃驚地知道，那種地方，每天的租金一千至二千元。「生意難做……」那賣毛巾的女子說：「然而還是能讓人吃飽飯的。」她每隔一兩個月就來了，一次租幾天，然後搬走。我喜歡她的淺色格子毛巾，那是一邊棉線、一邊棉布的手帕，這邊摸在手裏，非常舒服，嬰孩可以用；大人的皮膚粗了，另一邊也耐磨。

　　我好奇地問：「你不來這兒的時候，到哪裏去了？為何不長租此店？這裏的街坊很和氣的啊。」

　　她認真地回答：「到處走才有生意啊。而且，這些店子就只提供短租。我們有時在荃灣，有時在屯門。各區都去。固定一區，客源不變，生意就不夠了。」

　　我心裏想：老百姓真聰明啊。但為甚麼我們需要運用這種聰明呢？市民和水貨客吵架之前，這些店子已經存在了。他們甚麼都賣，大多賣平價貨，偶然也有上等貨色。眼鏡、襪子、玉石、牛骨、便服、牀上用品、唱碟、毛衣、髮飾、碗碟、珠寶、廚房器具……甚麼都有。附近的大店子呢，則早就變成了藥房、化妝品門市和金子店了，單調得可怕。最痛心的是我們經常光顧的淡水魚攤變成了超大型的中西藥房，裏面盡是鮑參翅肚和堆疊起來的進口奶粉。可惜這位藥房老闆太不敏感，生意已經到了「水尾」，內地遊客都給香港人轟走了，而我們也只好到超級市場去買魚。魚小多了，

那包裝紙和小薑塊又怎抵得上那片肥厚無骨的魚腩呢？魚攤子、藥房老闆和我們盡都輸了。

活在牆窪上的小店兒呢，則是堅強的攀援植物，到處可生根，亦能隨扎隨拔，不痛不癢，葉子茂盛非常。他們沒有招牌；或有，有也沒有誰會記得。買賣雙方，眼中都只有貨物。大街口有一小店，名叫「新豐號大閘蟹」，風起之時，店內除了幾個冰櫃，就只有一個看門口的男人。冰櫃裏的大閘蟹一隻一隻給綁住、凍住，整整齊齊，合臂保住他們或她們豐厚的膏油，連同日積月累的抗生素和激素，奉獻給每個捨命陪君子的饞嘴路人。但季節一過，賣蟹人就帶着冰櫃消失，店子丟空，未幾就來了服裝個體戶；他們賣冬衣，但名號還是「新豐號大閘蟹」。

這些「小窪」基本上就是以前街頭擺賣的小販。街頭擺賣需要牌照，「小窪」卻不必領牌，只需交租。當中所有貨品都大字攤開，美醜妍媸，全部將貨就價，毫不掩飾；老伯伯窮師奶菲傭姐姐印傭妹妹均買得起，先生太太覺得好看的也會來湊熱鬧。看門的都是醒目人，口才了得、能屈能伸，價錢便宜到你不敢開口講價，但價還是可以講的。貨物就如此光明磊落地放在凳子上、木板上甚至地上，大條道理說明中國製造。賣貨的人為自己尋生計，並不是打工的，因此都很戮力，只見他用手按住貼身的錢袋，你給甚麼紙幣都可以，他一手就摸出真偽，甚至還會冒犯法之險送你膠袋。

牆窟小店沒有門，自然也沒有冷氣。商場的空調卻還是夠涼快的，足以讓你駐足消遣。不過，滿載而歸的良好感覺一般只夠你享受幾分鐘，一程電梯搭完了，轉動鑰匙，回到家裏，那樣子的「斬獲」通常只會換來老公或老婆的埋怨，讚許是少有的，但這和貨物的優劣無關，畢竟家裏最昂貴的是空間。一個家就這樣因堆滿了便宜的雜貨而「老」起來了。

　　但便宜貨物還是一種需要，尤其當我們的城市之燈正漸漸熄滅，越來越多的市民給撥進退休一族，一模一樣的各大商場也必然日漸荒蕪。當一部分人只肯到巴黎和東京購物，另一部分就只能來到這上市公司不屑一顧的小商場來，與不肯花費宣傳的小牆窟打交道了。這是必然的發展。我深信，總有一天，這些刻在牆上的小歷史要變成古裝片的一部分。

　　黃昏，忽見牆窟變空，地上一個一個黑色的巨大垃圾袋從小商場的地磚平白長出，如同剛收成的新鮮冬菇。估計不久就有一輛小小的客貨車駛來，把人和貨物都接走，以幾十公里時速飛趕到另一區的另一個牆窟去重生。場景急促變化，使人對自己的記憶和感情充滿了疑惑。但這是不打緊的，生計才重要。我看着那空出來的角落，彷彿看到了大小燈火的明明滅滅，看到了香港的過去和將來賴以存活的大智慧。

後記：此文完成之後三四個月，最接近我家的
牆窪忽然變成了水果攤。老闆說他暫時不會離開了。

　　　　　　　　　　　　　　二〇一五年九月二日

影都

影都，已不再是戲院的名字了。它是一個密碼，在街坊和街坊之間、小孫兒和老婆婆之間、市民和市民之間互相傳遞着「自己人」的信息。不過，如果你親自來找，已經找不着了。原址的面貌變了又變，今日早成了酒樓和超市。這是喬裝，也是考驗。然而，不管你上車的地點是觀塘還是屯門，是粉嶺還是上環，只要你說得出影都二字，的士司機馬上就能入波，或攀上荔橋抹着九龍的西岸走，或升至龍翔道繞過山腰而來，或穿過長青隧道不太長的年歲，或鑽進獅子山下短短的午睡，總之執掌駕駛盤的都懂得從四方八面高速向着九龍西這小小角落走，像是要來會合。漸漸，影都也成了民選的的士站，美孚居民都曉得。

此角落名為荔枝角。荔枝結果之時，總是纍纍成串、香冠千果、甜絕萬枝。數也數不盡的飽滿身體黏黏地流着汗挨擠在一起，在最熱的七月裏同步成熟，同步前行，流水一樣流向城市的願景。「一騎紅塵妃子笑，無人知是荔枝來」。

長椅的兩頭

只可惜楊貴妃吃到的，總不是南方的真味兒。經過了一程又一程的運送，一驛又一驛的換馬，到達長安之日，荔枝已不知變成了甚麼味道了。

初有影都之日，大地這一角住的大都是上海人。他們總是衣冠楚楚，男的不穿襯衣不上街，女的不畫眉毛不下樓。美孚，亞洲最大的屋苑，有樓九十九幢，是富有的生意人住的，酒樓飯館吳音輕軟，英語間雜其中，粵語還只是侍應生醜腴的配樂。不過，這最古老的、用來唸唐詩的南方語言將要漸漸匯入主流，成為大水，而美孚亦終將變為平民住宅。那時的荔枝角還有彎彎的海灘，長沙灣還有滿滿的工廈。那時十七歲的女工帶着搪瓷漱口盅來上班，上完班還要加班，辛苦但喜樂，只要想想寶珠姐姐就打從心底感到巨大的滿足；那時的四十歲老闆就住在美孚，旋轉着黑膠大碟聽吳鶯音，因為能夠每週去跳茶舞，即感到生命大有意義。那時的小姐穿着很短很短的裙子，戴着又大又圓的耳環，男生的頭髮突出如騎樓，都喜歡跳阿哥哥和查查。那時的闊太太在茶几上放上一張用鈎針鈎出來的白線圓花桌布，上面再壓一片玻璃，然後才放下茶杯。雖然一層一層的，卻優雅有序。我們的城，就是由很多年少的陳寶珠和她們的上海老闆一同扛起來的。

然後有些上海老闆北去了、逝去了，黑膠唱片在鴨寮街上胡亂流落於色情雜誌捲起的頁邊，無人理會，躺了很久。

許多年後，一個少年走過來，他撿起一張披頭四，如獲至寶。他伸手的動作掀起了一陣風，忽然，一整代人都懷舊起來，同一時間回過頭去，驚奇地問：你們大人把那些東西都藏到哪兒去了？天星哪兒去了？皇后哪兒去了？影都哪兒去了？

大人面面相覷。他們以前只不過是司機，只不過是碼頭工人，只不過是勞力，只不過是用手來代替機器的未成年的寶珠，怎麼會知道這些事情呢？於是大家忙亂起來，趕着找回一切可能被人偷去的東西。一位大叔出來見證：我學生時代的彌敦道是這樣的，就說太子這一段吧，這兒有凱聲戲院，大大公司和台灣食品。大家聞言，就都分頭去找。找來找去，負責這短短的一段路的人找到了十家藥房，七家化妝品店和三間金子店。

但影都總還在吧？我明明聽見那個年輕媽媽抱住孩子說了聲「影都」，司機就起錨上路，明顯知道怎麼走，向着那個叫做影都的隱形地標。幸好它不是彌敦道。射人先射馬，醫生用藥的時候，必先攻佔最大的血管。彌敦道就是最大的血管。那個叫影都甚麼的地方雖然頑強，還不只是個地區小站？但影都還在影都該在的地方，即使拆了，那堅頑的精神還守護着西九龍這策略重地。確實是策略重地，此言非虛。且聽我說。

此處有地鐵（不要逼我叫它做港鐵 —— 港鐵，多爛的名字呀！）可以接駁青衣，然後通過青馬大橋走往大嶼山，

再分途東涌或赤鱲角，也可以直接西去元朗和屯門，直達一家賣花生的小店子。沙田怎麼走？穿過尖山只需八分鐘。筲箕灣呢？隧巴直達，有位子坐。至於彌敦道，也有連接。但別往半島的南面走了。往南的話，淪陷的感覺會加深。淪陷於各種名牌，淪陷於北方語音，淪陷於巨大的皮箱，淪陷於習非成是的錯覺 —— 初來的人都以為這裏就是香港。真正的香港人都盡量不走彌敦道了，還是留在美孚吧，留在她的貧窮和健康裏。反正這裏有小社區應有的東西。在影都於此豎立的日子，我們更有一個很大的電影院。不錯，是舊式的大型的電影院，包羅萬有，自由地上映着一切映畫戲，而且是最後一批用蠟筆在電影票上畫字的電影院。

我最後兩次在影都看電影，一張片子是夢工場的動畫，一張是港產片。動畫叫做《埃及王子》。埃及王子是誰？原來是聖經記載的歷史人物摩西。他本身是希伯來人，為埃及王室最有權勢的女子所收養。她是法老的姑姑，一度攝政。摩西是她摯愛，以王子的身份成長，享盡榮華富貴。故事的重心是一個驚人的發現：摩西發現了自己的身份。這份覺醒帶來的是淨洗鉛華的四十年牧羊歲月，然後轟轟烈烈地再加上出埃及的四十年。榮華富貴，同樣是我們的埃及；要離開，開始下坡的香港，也許正應步入流浪的曠野。彩燈逐漸成為空心的掩護，夜色君臨，帶來了更多思考的空間。我們已經預備好過牧羊的日子了。

看《歲月神偷》真的是最後一次了。電影院裏疏疏落落地坐着些中年的觀眾。他們都在哭。片子的導演和編劇是我大學的學長。片子說及的男子中學我少年時也常去玩。片子裏的任達華用手抓住了屋頂，我也明白編導的意思。貧窮，我們一整代人都經歷過。簡單點說，片子確是我們的片子。淚水中，我身處的城市與故事裏的城市一直在搶奪我的注意力——我爺爺的永安花布街，我住過的所有板間房，我父輩所愛的八仙酒樓和吳茂記餅家，我流連的東灣和暫待一年的國民小學，我一生難忘的洗衣街和花墟，大學泳隊常訪的維多利亞泳池，我開鑿紅隧的爸爸，我夫家柴灣邨十五座裏的那張雙層牀，還有荔園可憐的大象，投幣的瓷磚和海灣、泳棚、小艇，以及那些還懂得觀星、集郵和下棋的少年人……

黃昏了，荃灣線北行車上盡都是歸心似箭的香港人。看，到深水埗了。所有拉住行李箱的人都不見了，他們早在旺角站就下了車。他們下車，因為根本不知道旺角以外別有洞天：有充滿人間煙火的深水埗，有把工廈變成出版社和餐廳的長沙灣，有再深入一點、碩果纍纍的荔枝角和樓高十九層的地區教會，然後有名副其實的影都的根據地美孚，以及那個真正四通八達的核心、那個願意躲起來求存的真正的城。

二〇一四年九月一日
二〇一四年十一月二十三日修訂

第二輯：紛紛開且落

小板凳

少年時，我跟父親二人租住深水埗的一個板間房，父女兩人一上一下地睡在狹窄的雙層牀上。房間小得可憐，我們又因為租金問題搬來搬去，家當實在不宜太多。牀頭的木書桌上堆滿雜物，全是爸爸的謀生工具：舉凡電線、錫條、「辣雞」、塑料收音機殼、乾電池、螺絲釘，真是應有盡有，只欠空間。牀尾的五桶櫃內堆滿了衣褲、襪子、T-Shirt、毛衣和爸爸一直堅持使用的的確涼手帕。比較像樣的衣服實在沒地方放，只好用包膠鐵線衣架胡亂鉤在牀架子上，是以我的牀尾永遠掛着一套舊得要破的校服。五桶櫃櫃頂上，放着一部三手電視機，是從鴨寮街買來的。牀底下躺着爸爸的三數旅行箱。較好的那個放着我們的證件，將破的那個貯存着我從小到大的作文。除了這些，我們還有一個紅A洗臉盆，兩條毛巾，一塊加信氏香皂和一個冷水瓶。這一切，堆在三十多平方英呎的小房間內，我們連轉肘的空間都沒有。這是爸爸和我最窮乏的日子。可是，那時候的我少有感到侷

促和不快，除了偶然有點不方便，我覺得日子還是過得相當愜意的。

　　為了做功課（我的中學和大學時代就是在那些小房間度過的），我想盡辦法找來了一塊木板和一張小板凳。

　　我拿木板用牀沿和一把椅子在兩頭架起，就在上面讀書、寫字、創作。木板一放平，我的心就感到無比舒坦。坐在小板凳上，握着一管平價原子筆，我張開了吸收和想像的翅膀，在包租公一家的電視噪音和麻將聲浪中，向着高速擴大的天空飛去。

二○○三年十月二十一日

雙層牀

　　有一段很長的時間，父親與我住在一個租來的小房間，我睡雙層牀的上鋪，他睡下格。那牀是街頭買來的舊貨，支架搖動，沒有牀板，只一串彈簧間架，承擔着破舊的棉被做褥子，夏天多鋪上一張蓆。家貧兼長期負債的日子，使父親心力交瘁，腰椎的軟骨墊子退化，經常扭傷腰部。但他和我一樣，對那張土黃色的雙層牀，有着深厚的眷念。

　　父親給我買了一盞小燈，顏色不怎麼好看，淺淺的藏青，浮薄而刺眼；燈罩如覆轉的小小花盆，半蓋着燈泡；燈泡下是一個晾衣夾形狀的東西，方便你把它固定在牀沿。現在偶然經過賣電器的舖子，也還看得見這種小燈，不過我一定不會再買了。現在手頭寬綽了，甚麼都講素質和品味，我不幸已墜入中產階級挑剔勢利的塵網。

　　但我仍不禁在那店子前站了一會兒。我想起的，不但有那一小片橢圓的黃色薄光，更有一段永遠不能撲熄的時日。我的小燈買回來時就衣着一層薄薄的市塵。父親在鴨寮

街擺賣，自己也在鴨寮街買東西——只三元，他滿足地説，還包括燈泡。夜裏他睡了，我就亮着小燈看書。我的小天地無限舒適，腦後的枕頭已經習慣了我頭骨的形狀，一牀被褥也適應了我的姿勢與體溫。透明的黃光蛋殼一樣保護着我，教我感到窗前北風的號叫，已被擋在身外。父親偶然也打鼾，輕輕的，不擾人，只教我感到很安全。從這如斯溫暖的地方出發，我翻開書本如推開一扇門，就向無盡的天地滑翔而去……

當我終於撳熄小燈，自想像的世界歸來，讓那被燈暈熔穿了的黑暗一下子復合，我就會聽見自己轉身、蓋被的聲音。年老的雙層牀吱吱搖響，算是一句晚安。此時屋子裏的黑色，鑲起窗框裏湛藍的夜光，一切思域旅行突然中斷於現實的回歸，我開始閉上眼睛。父親的鼾聲均勻延續，是我最好的安慰。牀底下偶有雜響，我知道只是一隻熟悉的小老鼠在走動，很快便入睡。

真的，在那漆油剝落、搖搖欲墜的懸空睡窩裏，我從未失眠。

媽媽在與我們分開十六年後，終於能夠自內地來港的前幾天，我們的雙層牀被拆掉。那一個晚上，我一生不會忘記。

那時候，媽媽人已抵達深圳，等候配額入境。我們知道，她三兩天後便能到達九龍。為此，父親得買一張全新的

雙層牀，讓母親有睡舖。他挑了一張下層雙人、上鋪單人的全新鋼牀，但沒有告訴我。牀送來的那個下午，我在大學圖書館看書。説是自己用功，其實在陪我那位唸醫科的男朋友預備考試。傍晚我跟他一起吃飯，飯後談到深夜，他才駕車把我送回家。

當我走過了許多板間的房間，終於推開自己屋子的木門時，不禁呆住了。

屋子裏已換了一張紅漆鋼牀，上鋪稍窄，不鋪卻足有四英呎寬，佔去了大半個房間，牀顯得很高，彷彿四隻腳特別長，原來全都站在一片紅磚上，牀底的虛處於是好像膨脹起來。

牀上還沒有被褥子，只有父親，躺在簇新的木牀板上呻吟。

「爸爸！」我失聲呼喊，踢着地上猶暖的電鍋，才留意到一室都是凌亂的雜物。這混亂的圖像增添了我的恐慌，我仍只曉得喊着父親。

父親掙扎着告訴我，他從中午到晚上，一個人把舊牀拆了，搬到梯口，又一個人把新牀裝好。他還解釋説，為了彌補小牀換大牀失去的空間，他還得用磚頭把牀腳墊起，好讓牀底可以擺放多一點東西⋯⋯安裝最後一片牀板時，他以為一切都妥當了，一失手，牀板滑落，他身子一側，就觸傷了腰骨。

「痛極了！」他説，「我很用勁才洗了幾顆米，蒸了香腸⋯⋯你吃飯了吧？我⋯⋯起不了牀⋯⋯」

我回頭看見只吃了數口的一碗飯和餘下的半條香腸，眼淚就成串落下。我怎能原諒自己呢？當父親勞累了一整天，讓那塊笨重的牀板扯落到地上的時候，我在做着甚麼呢？讓一個男孩子捉住了手，坐在大學宿舍的露台上聊天！這幾小時，他等着我回來，劇痛中如何熬過了？我試着扶他起來，卻多次失敗了。無助地，我飛奔到電話旁邊。我那快將成為醫生的男朋友終於接聽了我求救的聲音，但他説太晚了，不肯來。我聲淚俱下地懇求着，最後甚至發火了，他才勉強答應出現，出現時一臉不耐煩。

當我們非常吃力地扶着父親走下拐了彎的樓梯，看着爸爸額上因了劇痛而冒出的汗粒，我就知道此刻我心裏最愛的是誰。與此同時，一段年輕的感情亦隨着父親的呻吟逐漸消失在樓梯的彎角。我將來終生相依的丈夫，怎可能就是這個不扶傷病、對老人家完全沒有愛心的人呢？

到了醫院，醫生説，父親得在那裏至少躺一兩星期。事後我對男朋友禮貌地説了句「謝謝」，就像個生疏的同學。我決心自惑人的戀愛離去，找尋自己的感情出路。這一晚，我一個人睡在父親為媽媽新買回來的雙層牀上，大聲為自己的罪咎哭泣。我像忽然才看見了父母之間的愛情。十六年的分別，將由我身下這張雙層牀奇蹟地縫合；但我自己，

則亦打自這裏清晰地感到那人對我的所謂關懷，所謂愛慕，不外他年輕時代的一種華麗裝飾，可有可無地算不得甚麼。

果然，我倆日漸疏淡。

不久父親康復了，母親亦已來港與我們團聚。每夜我依舊爬到牀的上格。比起舊牀，我這半空的獨立天地寬敞了許多。然而我已不再像少年時代那麼容易入睡了。夜半時分，窗外的碎燈撒落到我的眼眶裏，散開了，迷糊了，又再清晰。我長大了，終於不再以為樓下的車聲就是他的「小甲蟲」爬過海底隧道來找我，卻同時開始勇敢地正面想念他，那個我以為自己曾經深愛的人。

我問自己，為甚麼許多密切的人和事，竟可以一天散佚到不同的角落，終一生而不復相見；我想念兩個曾經同行的人，如何在不透明的歲月的兩鬢平行地成長，成家，然後老去……

只有一件事使我安心。父親和母親，就睡在下層，一同把我撐起，教我感受到生命的高度。他們支持我，永不背棄我。更重要的是，他們用自己的故事告訴我：有一種愛是永恆的，說不定我也能找到。

說不定我真的能找到。

我這麼想着，果然就入睡了。

寫於八十年代初期

讀中文，是因為母親

　　家母宋慕璇女士是我的啟蒙老師。我不是聰穎的孩子，五六歲才有清晰的記憶。對母親的第一種深刻記憶是她教我寫字的情景。她的毛筆字寫得十分漂亮。她說，每逢起筆、收筆和拐彎都須用力；還說，要把字寫好，得記住歐陽詢這個名字。這些話我一生都沒忘記。

　　我八歲離開母親到香港來讀小學，跟庶祖母住在長洲，再沒有人教我寫字了。但是，我還是定期收到母親從廣州寄來的書。《講故事》雜誌每期都有，散文小説卻很少。那時文革開始了，母親在內地受了不少苦，希望我讀理科。於是，在我拆開的包裹裏，總看見《蛇島的秘密》、《三個宇宙速度》、《眼睛的衛生》等科普作品。她説文人要面對的危險太多。不過，她忘記了，我每年暑假在廣州所做的事就是偷偷看她藏起來的《紅樓夢》和《西遊記》。閒談的時候，她隨口可以唸出辛稼軒的詞和曹雪芹筆下的寶、黛、探春之作。《林海雪原》和《歐陽海之歌》也是我從她書架胡

亂拿下來就看得津津有味的長篇小說。她不曉得我回到長洲時還會看瓊瑤和依達。因為母親的影響，我小學畢業前已經看了幾百萬字，還有很多詩詞。

初中時，我因《中國學生週報》迷上了余光中的詩，喜歡上可愛的陸離，甚至會去多實街瞧瞧週報的社址（那時我在九龍塘的有錢人家給小孩子補習）。爸爸問我余光中是不是明星，我哈哈大笑沒答他。母親在穗城也從未看過他的文字，就叫不如看魯迅。說着說着，我已經進了港大文學院。母親嘆息我沒法做得成醫生，但嚴嚴吩咐我不可以嫁給醫生，原因是醫生身邊的年輕護士太多。我笑她迂腐，她卻說這是為你好。可是，她不知道，若不是她，我根本不會唸中文。

進了中文系，我更愛詩詞了，常和母親分享自己喜歡的作品。我偏愛唐詩，母親則更常讀宋詞；她欣賞蘇、辛、晏、李，我卻偏好周邦彥。那時我深受羅慷烈教授的影響。羅老師最愛周詞和杜詩。母親和我的品味開始有了點不同了。

後來我唸哲學碩士，對象是李賀。母親其時已來港生活，一次她去看她的堂叔叔宋郁文老師。宋老師說，別讓女兒讀李賀，應該讀杜甫，怕這會對她的性格產生不良的影響。母親回來很憂慮。她不知道，羅老師給我的作業是讀《全唐詩》（我當然沒做得完這功課）。李賀只寫了二百多首

詩，杜甫創作過千，我讀的杜詩確實較多。我從未跟母親拜謁這位名滿天下的叔公，但我很感激他。

　　臨終幾年，母親一直在尋找她的祖父（我的太公）——《共和報》創辦人宋季輯先生的資料，甚至找到台灣去。那時我上網搜尋過，卻不得要領。她很愛爺爺，因為他在她幾歲大的時候說：「慕璇是我們宋家的千里駒。」母親引以為榮，對此念念不忘。

　　如今，母親辭世已經十年了。我在網上找到了太公的資料。未能為母親圓夢，我心中有愧。如今每夜對着歐陽詢的帖子練字時，總想起她。

二〇一五年十一月三日

春江水暖鴨先知

　　深水埗汝州街上有一個小廟苑，裏面胡亂擺放着些水桶和晾衣工具。內有兩個小廟，一奉北帝，一拜哪吒。這忽然冒起的紅磚綠瓦，在新廈舊舖之間特別地惹眼，像年畫上的大紫明綠；但是，廟門內捧奉着的卻是大團黑暗，裏面物件家具模糊不清，三數黃燈，搖搖晃晃吊在寶殿上。我往裏看，總不見人，只看到廟堂深處有一團圓形的白光。原來是個小窗呢。窗的那邊，就是整個深水埗的焦點所在——鴨寮街了。廟門上掛着一雙對聯：「驅除癘疫何神也？功德生民則祀之。」人道主義得很。深水埗的世界觀，給這兩句話說盡說透了。但是，比起這小廟供奉的神，鴨寮街好像更有「生民之德」。數十年來，這條街養活了許多人，但從未要求那些寄生於自己身上的人回頭膜拜它。

　　有時「走進」了鴨寮街，才省起自己一直就是沿着鴨寮街走來的。真的，鴨寮街長得難以置信。但只有給南昌街和桂林街垂直切割出來的這一小截，才是「真正的鴨寮街」。

二十多年前的鴨寮街像甚麼呢？像一塊褐色刺繡的底部，刺着密集的針步，整個圖案凌亂得教人暈眩。最惑人的，是那上面的線頭全都好像有生命似的，尾巴給扎死在泥裏，上身卻是活的，蟲一樣掙扎蠕動，不停往上拉扯自己的身體。那時父親在鴨寮街上有一個小攤子，賣無線電收音機。我放學去找他，每次都要跨過大大小小許多攤檔。它們擺賣的東西很奇怪地聚攏在一起：收音機零件，男裝原子襪，專門照給懷孕女人看的嬰孩相片……，組成一種夢一樣的雜亂無理的召喚。大熱天，聖誕彩燈在驕陽下一閃一閃喘着粗氣，雜誌封面的裸女卻因為年代太久遠、面孔過分端莊而顯得滑稽。

不知何故，來看的人好像都沒有購物的意圖。真正來買東西的，總是匆匆趕來、一聲「老細」之後說出要找的貨物。攤主自然也乾淨利落地呼應一聲，從自己口袋深處或攤子的底架找出他要的東西來。顧客匆匆離去，有時竟也不見他付錢。他走了，「老細」依然繼續同鄰攤的人瞎聊，聊得高興了，有時索性各自放下攤子任由它晾在驕猛的太陽下，一拐彎就躲進那街角的茶餐廳「涼冷氣」去了。

我常常校服未換，就隨着父親去喝奶茶。茶餐廳有點髒亂，紅棕色的基調，防火板的質料，人不多，全是熟客，桌上鋪着磨得花亂的淡藍色厚玻璃，上面的水漬茶印、煙蒂糖粒，給伙計濕濕的大布一掃，就變成一畦小小的空間，使休息的感覺油然湧動。夥計與茶客邊聊邊罵，聲調激昂，最

　　　　　　　　　　　　　　長椅的兩頭

後一方拋出一句粗話，大笑着分開，喜怒情仇就此了結，絕不拖泥帶水。坐久了，會有地拖掃過你的鞋面，銻造的痰盂心慌意亂地跳。我挨在父親身旁吃奶醬多士，把多士揭開，一分為四，小口小口地咬。吃着吃着，就感到凄涼。那時總覺得午茶的時間太短，而少年的日子呢，卻太悠長。

回到小攤，父親坐在一張木凳子上，拿着抹布不停擦拭那些五顏六色的塑料機殼。客人來了，站在前面，一站就站好久，也不議價，只怔怔看他工作，好像這樣就能從生命過多的空白中得到拯救。父親有時會看看眼前這微禿的中年人，胡亂說一兩句話，例如「這天口，真熱，易病」，或「性能比新機還好，拿去看看」。不過更多時他只會看對方一眼，看那男人把手從袋裏抽出來，換一個姿勢，又繼續他站的工夫。

湧動的人潮滲入了攤子之間尺來寬的「通道」，眾人很諒解地互相推擠，又互相忘記。過客如此，在這街上過日子的人也一樣。一次在街頭碰見父親一個朋友。我平日叫他叔叔。他向來可親，黃棕色的寬臉上是開闊光亮的前額，下頜鬍子隱約地生長着，一看就知道是個能吃苦的人。我見他迎面走來，就跟他打招呼。他燦爛一笑，忽然用力擁抱着我，渾身酒香灌入我的鼻孔。我已經讀初中了，意識到發生了甚麼事。下午兩點多，陽光狠狠煎炸着街道。我一聲不響，極力掙扎。掙脫了，與他面對面站着。他變回平日的叔叔，晃

晃蕩蕩地插入花亂的人流，消失了。我平靜地走回家，卸下書包，做功課，然後開始燒飯。許多年後，我把這事告訴父親。他聽了只沉思一會，說那位叔叔原是個好人。我點點頭，心中一個小小的死結給扯散了，綁繩上面只剩下微彎的形狀，如同一個習慣。但在綿長的歲月裏，我漸漸感到自己的肩頭出現了一種奇異的痕癢，好像那地方要快長出翅膀來。我是一定會離開深水埗的。

深水嗎，是不能測透的液態寒涼？是虛柔的水的狡猾？而鴨寮呢，總有鴨的毛屑在空中亂舞，糊了視線，混了空氣；鴨糞無孔不入地描述着呼吸的味道。我多年堅持着離開的念頭，但許久之後，我發覺自己是不可能離開的。熟悉和擁有原是同一種感情，而愛和叛逆，也不過一種觸動的兩面，人長大了，漸漸曉得了。住在深水埗的人，一生泗混於此，老是想逃，但總有那麼一天，我們發現自己原來更不習慣水清無魚的寡淡。深水埗是我的故鄉，而故鄉是天父的恩賜，從來就不是意志的選擇。在深水埗住久了，會從飄零寄居的不安之中體味出落腳的安全和慵懶，而這感覺，又令其他一切地區成為新的飄零與不安。所以搬來搬去，我還只不過從鴨寮街搬到了美孚。自歲月的這一頭回望，一切變了，卻也未變，我不過一直走在鴨寮街上。這一截走來比較安靜，但也單調多了。

二○○五年八月十五日

紛紛開且落

父親不懂花，但常把他親手栽種的香白蘭送我。他辭世後，我竟日躲到山上去遠足。那天在大帽山看見一簇小花。那是極小的紫藍色花，直徑只有半公分，蜷曲如蟲，隱匿在接近高峰的斜坡草叢中。花尚未完全開綻，但看得出她身上有一個清晰的圖案，我以為是野生的蘭，後來才知道那叫做韓信草。開了的花是修長的，像我們吃冰時的高身玻璃杯子載着北歐盛夏晚間的亮藍天空。小時候最愛上冰室。父親和媽不一樣。我愛吃甚麼他都讓我吃，父女倆都「口沒遮攔」地吃，話卻不多。

野生蘭花香港應是有的。冬末春初從地質公園的大壩出發，往浪茄走，在路旁的峭壁就看見過（雖然我不能肯定她真的是蘭）。面朝大海，也呼應着大海的碧藍，她盡情伸開兩翼，直率而小，花舌上也有複雜的畫圖。在雜草叢生的高崖上，她活得非常自由。我彎身在那兒看了很久，回家又上網尋找。香港野花網介紹過很多花，但沒提到這小花。何

況艷色難當的吊鐘正一樹一樹地雄霸山頭？像一個流落他鄉的王孫之後，小蘭花讓我想起早逝的顧城和謝燁，還有他們已經二十七歲的唯一孩子。聽説他在當地土著的好心人家庭長大，不諳中文。誰知道他是著名詩人的兒子？如同一次意外的移植，他離開了許多人的注視。那時我爸爸在鴨寮街做小販，也沒有人知道他在國內是畫家。

石斑木很容易找。龍鼓灘旁的小山坡上有很多。小白花簇擁在一起，花的深處滲着一點微紅。春天一到，她就一叢一叢地開，把樹枝都墜彎了。一如珍‧奧斯丁筆下女孩天天拿在手上的十字繡，給人整齊而有序的清潔之美。這花，一朵一朵都感染了女子的矜持與忍耐、失措和尷尬，也描繪了她們因愛情而忽然泛紅的臉。奧斯丁的六本完整小説裏，有幾個性格鮮明的父親。一個是艾瑪的爸爸，他身體很差、大驚小怪，不容易照顧；一個是安的父親，他既虛榮又不顧家，嗓子特大，非常討厭；只有伊利沙伯的爸爸和女兒比較親近，麗西可以和他談自己的感情，但此人言語刻薄，輕看妻子，非我所喜。三個爸爸都不像我的爸爸好。石斑木花雖柔美，但名字卻很男性——為石而堅執、為木而訥言，斑斑駁駁，記錄着生命的種種考驗。

父親走後，我細看他遺下的照片，看着他由強壯的少年變成自信的男人。二十七歲的他英偉非凡，拉着一個小女孩的手。那個三歲的小傢伙就是我。後來，中年的他抱着一

個小男嬰，那是我的兒子。最後，他老了，連我也退休了。從興旺到衰微，從健壯到病弱，他的路我也正在走。這些花兒一樣的照片給他細細保護着、珍惜着，放在衣櫥內最底下的抽屜裏。但塵埃還是潛進來了。一觸碰，就黏在我的手上久久不去。

　　他走得很快，連醫生都感到意外。為了舒緩傷心的感覺，我拉了弟弟走到山上曬太陽。此時我開始「看見」匿藏於荒野的小花了。每一朵花都是一種華麗的宣言，但向誰宣告？她們自顧自地努力成長、傳宗接代，那樣的美到底是為誰散發的呢？照片再給藏好。東龍島的海牀上，父親將要和母親一起沉落、隱匿。他們曇花一現地照亮過三個小孩的人生。但爸爸和媽媽都不是曇花，他們是最平凡的小白菊。下山了，走到川龍的時候，弟弟問我最愛哪一種野花。我沒答他，只蹲下來為一朵小白菊拍照。

二〇一五年四月六日

同學

同學，真是美妙的關係。

同學，又稱同窗。以同一種情懷，面向敞開的窗戶，逡巡於同一視野，分享享受着同一風景。

同學，又名書友。以書會友。浮沉歷史的海洋中，仰首尋找同一顆極星；思潮起伏的灘頭上，伸臂圈成同一個弧形。真理的明滅，攫住我們尋索的眼睛。

同學，同師受業者。學問的源頭總一樣。今日仰望，見同一張臉；他朝回顧，想同一些人。老師年輕英氣的形象是會過去的，只有同學把這一切同時留在記憶裏。他的笑靨，他的皺眉，他的寬宏或小器，他的嚴肅與頑皮……怎也走不出同學之間的議論或讚美。

同，就是一起。一起上課，一起逃學，一起到圖書館輪候狹窄但溫暖的位子，一起上廁所。秋天攜手闖教室，戰戰兢兢；夏日聯袂赴試場，大義凜然。苦樂一起嚼，把苦嚼成樂，叫樂者更樂的，就是同學。

同學，同時而學，同心而學。今天一同年輕，明日一起年老。此時談功課，他日說兒孫。這一夜、星月下，大家不約而同展示美麗的夢想；那一天、茶館裏，彼此異地重逢數算當年的悲壯。誰胖了，誰讓太太欺負了，誰移民了，誰變了……無不以共同進退的當日為衡量。

　　同學，同代求學。沒有長幼、也沒有代溝。如今一同時髦，往後一道老套。時代的顏色，髹在你也髹在我從一而終的衣架子上。我們的肩頭，永遠搭着當時流行的春裝。

　　到如今，不必知道誰在流浪、誰在躲藏，不必抱怨聚散無常；同學之同，永遠刻在我心上。

　　　　一九九三畢業十五周年贈港大中文系同屆同學

獎品

　　我第一次參加寫作比賽，是在小學五年級的時候。那時老師要我寫一篇反吸毒的短文，參加新界區的作文比賽。我一向喜歡作文，但所謂「作」，其實只是把看過的文字搬搬拼拼挪挪湊湊，了無新意。傷春悲秋的題材難不倒我，可是反吸毒嘛……我搔破了頭皮，還是弄不出一丁點兒頭緒。

　　那時候，最在意我學業的母親還在穗城，一年難得看見我一兩次；父親遠在九龍某一角落工作，他交給我的地址都是抽象的，那上面的街道地區，甚麼土瓜灣、深水埗、大角咀……我連聽都沒聽過，只覺得它們的名字怪得不得了。我在長洲小島上待了好幾年，跟着庶祖母過鄉間生活，每次乘船到九龍，總給大路上飛馳的汽車嚇得手心冒汗，不敢橫過馬路，把表兄表姊們惹得哈哈大笑。就這樣我被迫把童年的歲月全交給內心的天地，和石屋面向着的一小片海洋。在這種日子裏，每當我在功課上遇上難題，唯一的幫助來自老師。可那一年的國文老師是一位非常嚴肅的老先生，

而且題目就是他發下來的，我根本不敢告訴他我不會做。

　　交卷的日子臨近，我靈機一動：對了，吸毒的人我不會寫，就寫不吸毒的人嘛！於是我想當然地「造」了個故事，裏面描寫一個妻子如何因為丈夫吸毒得忍受貧窮、疾病的煎熬。一切都從概念出發，既濫情又文藝腔。功課交了給老師，我也卸下了心頭大石，繼續在野花夾道的泥山徑上跑跑跳跳，比賽的事全忘了，每天依舊上學下課，在草叢裏找龍珠果吃，吃了吐出果核，又隨手撒種。

　　幾個月過去了，消息傳來，那篇作文得獎了，而且得了全南約區的冠軍！我們那所比一幢小洋房大不了多少的山區小學登時震動起來。校長那天把我叫到她那瑟縮教員室一角的小書桌前，鄭重告訴我得獎的事，和之後必須做的一切，譬如到城裏去領獎。我聽到了自然高興得睡不着覺，可是又感到憂慮——校長說那天我得跟她一起到荃灣去（當時荃灣是「新界」的龍頭大哥）。荃灣是怎樣的呢？領獎又該如何領法？鞠個躬可以了吧？這時我已具體地感到自己在台上的窘困了。最使我擔心的是校長說她會親自帶我去。我們平常見到她總是避着走開的呀⋯⋯

　　那幾個晚上，我入睡之前那十幾分鐘，腦袋裏的東西碰碰撞撞。一方面我想到台下的人都向我拍掌喝采，不禁沾沾自喜。我從未真正見過一個禮堂，就想像它必定有我們兩個可以打通的課室連接起來時那麼大，可以坐一二百

人。二百人一起給我鼓掌，真神氣！可是我又想到自己的校服……又舊又黃又過短的襯衣，袖口沾着墨漬，太寬卻又不夠長的藍色斜布褲子，多失禮呀。我把腦袋埋在枕頭裏，忽然又非常不開心了。其實我們學校的女孩子是有特定的校服的：白上衣，湖水藍的半截裙子，也滿好看，可是校長老師體諒小孩子家裏窮，都不很執着。小朋友家裏沒錢另做校服，就穿上哥哥姐姐留下的藍布褲上學，也沒誰會說你。我就是其中一個窮小孩。平常碰到島上規模較大的學校的女學生，都很羨慕她們一身潔白平滑的連衣裙，每次都自卑得垂下頭。這一次，荃灣，禮堂，唉……

　　還有就是校長。校長平常很少笑，她頭髮斑白稀疏，卻梳得平滑，束得繃緊，一個小髻掛在腦後；與此相對，是她臉上因歲月而鬆弛的兩頰完全垂落嘴角、像一個小孩的腮幫子，使她顯得既年老又孩子氣，既嚴肅又有點滑稽。校長束過腳，如今雖然放了，走起路來還是有點彆扭，而且慢得像蝸牛。我們很怕和她打招呼，因為她見了學生就嘮嘮叨叨，勸這教那，沒了沒完。於是每每趁她不覺我們就溜了，繞道趕過她。小島上的大街小巷，結構精巧，四通八達，又沒有汽車。我們穿穿插插的就把她甩在身後，回頭總見她孤零零地踏着蹣跚碎步。她沒發現我們，只沉默地垂着頭走着，好像走路也是一件必須細心認真對待的事一樣，我們那時總覺得好笑。

可現在，坐在教室裏，我笑不出來了。明天，我就得跟着她又船又車地到荃灣領獎去。她說過要到下午才回得來。這就是說，我得單獨跟她度過差不多一整天……想到這裏，心裏竟有點希望自己從來沒參加過甚麼作文比賽。忽然老師喚我的名字，我又被叫出去了。教室外，陽光下，校長遞給我一條借來的校服裙，那上面澄潔的藍色竟和初秋的天空一樣悅目。

第二天清早天未亮我就起牀了，梳洗後把放在牀頭的藍裙子套到腰間，怎啦，好硬的布啊！庶祖母亮了燈，一面給我梳頭，一面笑說：「傻孩子，那是因為漿熨過呀。」我的心登時開了，校長也真好。我知道甚麼叫漿衣熨衣，可從未想過自己也有一天需要到這麼隆重的打扮。我用手掃着平滑光亮的裙子，戰戰兢兢再穿上用白鞋油抹過了的白飯魚（帆布鞋），帶着幾塊餅乾就匆匆向學校走去。

校長早到了。她穿了一件暗色的碎花綢旗袍，臉上施了粉，白白的有點不自然，眉毛是畫上去的，深棕色，彎彎的跟她平時的不太像。就在這一刻，不知為甚麼，我忽然感到她已經很老很老了。她問我吃過早點沒有。我把手裏的餅乾拿給她看，她就叫我用手帕包好，說要帶我去吃熱的。

就這樣我慢着步子跟她走下山梯，轉入黎明的小街。島上人習慣早起，可現在街上還沒幾個。校長走在前面，手裏扶着一柄雨傘，臂彎搭着一件毛衣，另一隻手拿了個土氣

但保養得很好的大提包，晨光裏認真地走着。我不敢靠得太近，一方面因為我對她有點習慣性的敬畏，一方面因為自己忽然感到幾分莫名的心酸。「得走快一點囉，」她說：「要趕早班船的。」

那真是好長好長的一天。我記得的已經很少了，卻沒有忘記跟她一道吃早餐的情景。那小店的主人認得她。店主微笑招呼着，叫她校長。校長在島上辦學數十年，街坊都這樣叫她。那人放下兩個騰着白煙的大碗，問道：「這麼早，上哪兒去呀？」

校長開懷笑了，其實她一直在等待這問題。我從來沒看見過她笑得這麼好看，那像是打水底冒出來的一朵蓮花，着實教人感動，她臉上的皺紋水波一樣分了開來，又摺扇一樣疊到兩頰去。「是我的學生得獎啦，就是她，很乖的，很用功，得到全南約區的冠軍囉！不就是為了帶她去領獎嗎……」她重重複複地講了幾遍，人家都不耐煩了，拿着抹布抹來抹去，我窘得低了頭不停地吃那燙得要命的牛肉粥……

獎品拿回來了，是一隻很大很高的銀色獎杯。我終於知道一個屋子要有多大，才稱得上一個禮堂。那裏面的人好多啊。當我聽見有人喊自己的名字，往台上走的一刻，嚇得手都冰涼了，校長這些天來多次教我如何鞠躬，如何接獎，如今煙消雲散跑得影兒都沒有了，我只胡亂點點頭，眼睛卻

一直往台下搜索校長的位置。人群中，怎麼她一點都不起眼啊？……

那天終於過去了，我那借來的校服，皺着還了給人家。往後的日子，不知怎的竟卻越變越短，越溜越快，沒幾個肯在我的記憶裏略略徘徊。

校長已經過世多年了，就葬在島上。我連她的墓地都沒見過。那一年我和朋友到島上遊玩路過母校，走進去逛了一回，發現我的那個獎杯還放在教員室裏，不過好像變小了，上面貼着一張發黃的小女孩照片，那不就是我嗎？我呆呆地站着，心中激動，想那必是校長從我的學生手冊上剪下來又貼上去的。

「你這『學校』真玲瓏，」朋友打趣說，其他人都笑了起來。我避開了他們的眼睛。此刻我忽然又看到了童年時一個早晨的情景。打扮過的年老校長正踽踽走過長長的石街，不遠的背後怯怯跟着一個瘦弱的小女孩，她正朝相同的方向走。半生以後，小女孩走進大城市見世面去了，孤獨的老人卻走進了她的心，且將永遠居住在那裏。

而那，相信就是她整個童年最美好的獎品了。

此文寫於八十年代後期

色彩的暗號 ——
讀父親胡少鳴的畫

　　我認為父親是出色的水彩畫家。但是他一直把畫家這種自覺盡力壓扁、抹去，這使我相當遺憾。二〇一五年一月二十二日，他突然撒手塵寰，沒留下片言隻語，只遺下許多畫作，大部分是水彩，不少是我從沒見過的。他的書房裏，睡房的牀墊下，還有牀底和衣櫥，仍放着許多畫具。看着他的畫作，我熱淚盈眶。

　　爸爸的水彩畫得很清潔。清潔與否，是水彩功力的試針。父親用筆簡潔、自信而透明。有人喜歡細緻的水彩筆觸，但細緻不是他的本色，真實的人類世界更不是他的關懷。他的畫給我的感覺是道家的、記憶的、夢想的——和人世只有那麼一點點的聯繫。說他在尋找世外桃源不完全準確，因為他筆下沒有天真的歡愉或蓄意的退出，只有不住開展的大自然和漸漸消失的人文風景。下面這個作品，我斷章取義地命名為〈移舟泊煙渚〉（句子取自孟浩然的五絕〈宿建德江〉）。小島旁邊那艘木船，不細看是看不見的，因為

〈移舟泊煙渚〉中的那艘小木船，不細看是看不見的。

它已經融入周圍的色彩之中了。若要在這詩句中取出一個最到點的詞，我會取「泊」，父親如果還在，則會取「煙」。對於我和父親的不同，我很敏感。

二〇〇〇年，父親七十歲。在此之前數年，他才剛剛脫離街頭小販的行列，變成退休老人。由於我和弟妹都長大、工作了，一家生活好轉，他在母親的鼓勵之下重拾畫筆。父親是中山人，一九三〇年農曆四月初八出生，是家裏四個孩子中最小的。他在廣州長大。日本侵華，祖父帶着全家回到鄉下避難。爸爸告訴我，那時他大概八九歲，在農村不用上學，十分開心，一點沒有打仗的恐懼。他還說，那時

祖父會坐在河邊寫生。這可能啟發了他——父親後來唸美術，我估計他的藝術天分是由祖父傳給他的；另一個師傅，當然就是和他短暫相處過的大自然。一九四九年後，父親留在國內唸書。他考進了廣東省藝術專科學校（簡稱「省藝專」）美術系，在那兒認識了媽媽。他們一起參加了土改，度過了兩年非常艱難的日子。回穗後，省藝專歸併入廣州市華南人民文學藝術學院，二人就一起從文藝學院畢業。一九六二年，父親帶着我先到香港來生活，母親一九七八年才獲准到港定居。兩人在鴨寮街賣東西一直賣到六十多歲。

千禧伊始，父親把他退休後所畫的畫整理好。他對水彩鍾情，非常專注。媽媽和我想為他慶祝七十歲生辰，就為他辦了一次畫展。後來，我又為他把那些畫結集成書，配以散文，名之為《野興》。很多人都非常喜歡這本畫集。父親的天分又一次得到了肯定。但後來他偷偷告訴我，開畫展雖然令他興奮，也給他明確的努力目標，但對七十歲的老人來說，體力要求太高了。因此，母親離世後，他說他還是只畫畫好了，因為連與人握手都覺得辛苦。從此，他每次畫了好畫，都只會叫我看，或者用畫框把那些畫鑲起來，三張放在廳堂，一張掛在睡房給自己欣賞，一張給弟弟拿去在他家裏掛。二〇〇三至二〇〇六這幾年間，他經常作畫，但沒有幾個人見過那些畫。下面就是其中一張：

這兒畫的是甚麼地方？每逢我這樣問，他都不會正面

父親後期的畫作感染力極強。

回答:「那是我自己想像出來的。」我拿過來細細欣賞。從畫中的房子看,我知道那是個亞熱帶鄉郊,也就是那種總有「生風」吹來,絕對不必開冷氣的地方,大概正是六十年前的南中國。我感覺到,那是他的小時候和祖父母逃難時在野外的家、位處廣東珠江三角洲的暫居之處。他末後幾年,畫裏不斷冒出此等無名而感染力極強的風景:河小如涌,樹稀而瘦,但裏面有一種莫大的自由,使人嚮往。人老了,手腳成了捆鎖,暖衣成為重擔,能夠流動的,怕就只有畫裏的藍天白雲和紫青色的漾漾水光了。

他視寫畫為他生命中的微末細節。他只是不完全明白這種細節何故能為他帶來如此巨大的衝擊和滿足。他惦記我

一家的飯食，弟弟工廠的生意和妹妹的身體。他會刻意乘車到元朗去買花生糖。他喜歡大家樂的咖喱和小攤子黃心的烤地瓜。他不肯承認自己和藝術有任何關係，因為潛意識告訴他，這只是人間一種苦中作樂的玩意，作不得真；一旦認真，人就痛苦了。他嚴嚴吩咐我們不可搞藝術創作，最好是做工程師或技工之類的工作，一板一眼的事業永遠最好，這樣，就不必為自己的品味被政治摧殘。在他眼中，生命總是充滿不安的。因此，他花很多時間細細地品茶、旅行、尋找美食，或者看電視上的旅遊及生態節目。他頑強地躲避着現實的臉面，因為他認為其醜惡勢力遠遠大過其美麗風華。最近我退休了，終於去了學畫。我要完成我兒時的夢，滿足我對父親的追隨。我沒有他的天分，但有好筆好紙。這三數年來我一直送他最好的 300g 水彩畫紙。他離世後我才知道，他竟把它們包好並且收藏起來，卻用便宜的畫紙來創作。他那些所謂水彩紙，一上了水就整張卷起來，但他説自己水平低，只配用這種劣質畫紙來練習。他的好畫，大都畫在劣質紙上。

　　父親是在九十年代後半恢復作畫的。那個時候，他的作品最有生氣，最具想像力。他用色大膽，作品充滿故事。父親從不寫生，卻喜歡把看見過的風景寄存在腦海裏，讓它們醞釀發酵，最後用他誇張且獨一無二的色感和筆法表達出來。二○○一年於浸會大學舉行的畫展中我最喜歡的一張

〈華容碧影生晚寒〉這幅畫用色大膽，充滿誇張和驚奇。

畫，叫做〈華容碧影生晚寒〉（句子取自李賀的〈開愁歌〉）
——這名字，當然又是我這個中文系出身的女兒起的。

這幅畫用色大膽，光暗對比強烈，氣氛極其幽深，但
也有明亮的一面，是滿月的光幅。它的華麗讓我想起了種種
巴洛克風格的文學作品和畫作——詭異、充滿誇張和驚奇。
在它的自足宇宙裏，也許同時存在着倩女幽魂的長髮背影和
海妖的歌，還有馬人和女巫打架的山頭，以及散發着不同層
級的綠光的螢火蟲。我深為此畫震懾。

在同一次展出的畫裏，有一張畫是媽媽的最愛，由她
命名。這畫的主色和上面這幅剛好相反。〈華容碧影生晚寒〉

以深藍為主調，以夜色為背景，即使有光，那光線只聚焦於「眼前」——在畫的近處，以致遠方成為黑暗的「未知世界」，誘發恐懼和好奇。媽媽喜歡的則是全然光明而渾然天成的世界，她心中的那一種美從不曾訴諸不安。患上神經衰弱的她本身已經有足夠的不安了。

母親以杜牧的七絕「停車坐愛楓林晚，霜葉紅於二月花」（〈山行〉）為本，把這個作品叫做〈我欲停車〉，把讀畫時的感受寫得淋漓盡致。這兩幅畫讓我不得不佩服父親用色和採調的能力——兩者對比，這是多麼驚人的幅度啊。一冷一暖的兩張畫，讓我對父親的內心世界生起了許多揣測。

〈我欲停車〉一畫把楓林畫成輕盈的粉紅。

　　　　　　　　　　　　　　　長椅的兩頭

他脾氣很大，有時很冷漠，有時溫情十足；老實說，母親和我都有點怕他。不過，這幅畫讓我感受到他的溫柔。他沒有把楓林畫成橙紅或褐紅，反用輕盈的粉紅，裏面還隱約透出憂鬱而高貴的淺紫，我看了，一時説不出話來。或許只有母親才能讓他綻放如此——「玫瑰色還諸玫瑰」——卞之琳可沒想到，不待春意復臨，高山遠楓搶先得之，薔薇開得太慢太遲了。平和而大氣，這個作品也成了我的最愛。

這一次畫展中有一幅很特別的畫，同樣不是父親親眼所見。在他的想像世界裏，總有一個變幻莫測的沙漠；他筆下有不少多石的戈壁，下面這一幅則水清沙幼。我們基督徒喜歡叫草石間雜的沙漠為曠野。父親死後我找出來的畫中，以沙漠或沙灘為題材的有不少。二〇〇〇年之前，他的沙漠中有水，水中有沙漠。我即時想起著名的《荒漠甘泉》，當年得他同意，就以此為名。

這幅畫一揮而就，幾乎完全沒有修補之處，估計他只須用二十分鐘就畫好，其用水境界之高，使我非常羨慕。作品中天色如水，水色如沙，三者的佈置不作他想，是不可多得的佳作。遠方一抹白雲，就山而言，幾乎是初戀的試探之吻。這一次，父親又用上了另一調子。褐紫中的微藍從水中冒起，荒涼中的人煙在遠處掩映，摩西或曾踏足，參孫或曾路過，上帝卻仍為看不見的生命預備清泉，為無人知悉的遊牧民族降雨。

〈荒漠甘泉〉這幅畫一揮而就，是不可多得的佳作。

　　去年秋天，我第一次乘高鐵經過粵北和閩南，發現幾
乎所有的土地都給人類用光了，若非城市，一切都是綠油油
的，綠得有點呆滯。小時候坐火車走過中國的郊野，總覺得
大地一段枯黃，一段暗綠，種田的顧不了那麼多泥土，建屋
的用不完大地。今天這種機械而高效的、密鋪平面的綠，使
我若有所失。我總會想起那些沒有主人的、失耕的野地，和

抄近路在上面走過的人。為甚麼呢？我到過那些地方嗎？沒有，我是從父親的畫裏看見過的。從這個角度看，他的畫一點也不寫實，反是懷舊的。

這幅畫沒有甚麼特別，只是土地的黃在向我說話。沒有籬笆，沒有耕種，只有原始的秋天正暗暗開始。近處的小樹似乎是新長起來的，遠處的白房子也好像是新建的。我特別喜歡屋子牆上陽光感的處理。那小樹的投影雖然不明顯，但看得出那光線的柔和，像清晨的言語。父親曾經說要到鄉郊居住，弟弟和我就帶着他到元朗和八鄉到處看，希望能找到合適的獨立屋子。當然，畫中的世界並不存在，那兒起碼

這幅畫勾畫着父親理想中的居住環境。

沒有半夜的狗吠聲。

二〇〇三年之後，我發覺父親的畫頻密地勾畫着這一類的居住環境。我逐張細味，不免唏噓。母親離世後，父親的生活非常規律。早上起來就泡茶。幾杯鐵觀音之後，平靜地看那張最叫人生氣的新聞紙，一頁一頁地看。下午睡覺——據他説，他其實只是躺在牀上聽收音機，從來睡不着。晚餐我和他一起吃。他是在甚麼時候畫畫的？我不知道。但是，當他的畫一張接一張地在我的眼前亮起，我開始明白了。原來他一直活在那個尚未開發的鄉郊，那是個年輕、激動而浪漫的世界。但他定時從那裏面走出來，以一個八旬老人的身份和我們吃飯、談天，身體漸漸衰微。從一場美夢醒來時，我發現自己已抓住了他的畫筆。我知道，他是我親愛的爸爸，我是他疼惜的女兒，這支畫筆就是我們之間的暗號了。

二〇一五年春

大愚拙 ——
獻給說「阿們」的父親

張愛玲的短篇小說《留情》中有這樣的一段。話說三十六歲的寡婦淳于敦鳳為了生活，嫁給接近六十歲的男人米先生。一天二人往訪敦鳳的舅母，大家談起算命這回事。舅母説：

> 「我要去算算流年了。」敦鳳笑道：「我正要告訴舅母呢，前天我們一塊兒出去，在馬路上算了個命。」楊老太太道：「靈不靈呀？」敦鳳笑道：「我們也是鬧着玩，看他才五十塊錢。」楊老太太道：「那真便宜了。他怎麼説呢？」敦鳳笑道：「説啊……」她望了望米先生，接下去道：「説我同他以後甚麼都順心，説他還有十二年的陽壽。」
>
> 她欣欣然，彷彿是意外之喜，這十二年聽在米先生耳裏卻有點異樣，使他身上一陣寒冷。楊老太太也是上了年紀的人，也有同樣的感覺，深怪敦鳳説話不檢點了。

死亡，哲學家侃侃而談的概念，一般人避之則吉的話題，小孩子好奇探問的禁區，病危者揮之不去的現實。死亡尚遠時，大家都不去想它；死亡將至時，更不去提它。但等着用殯儀館和火葬場的隊伍越來越長，冷藏遺體的冰櫃越來越凍；存放骨灰盦位的地方也越來越昂貴了。死亡天天發生，但我們躲閃着、故意忙碌着、總是避諱不談，必須提及的時候，就用「仙遊了」，「安息了」，「不在了」來代替，英語則說「過去了」。「他死了」是無禮的話，雖然清晰誠實，卻不該說。米先生和楊老太太因此都在心裏責怪敦鳳。

醫生對癌症病人的家屬說，她大概只能再活三個月，家屬含淚點頭。九個月過去了，病者猶在，家屬說已經賺了，病人則感恩戴德，雙方都開始迷信她正在征服那病；如果過了一個月就走了呢，醫生說那是因為出現了併發症，大家也例必無言地點頭。對醫者來說，面對和處理死亡是每一天的工作。一個人走了，醫生照例上班下班，護士依然侃侃笑談。這是訓練，也是專業。只是沒有人能夠聯絡死者，問一問他的感受。

我父親是死於心臟衰竭的。他吸煙，但八十四了，尚沒患癌，朋友都說那是蒙福的了。他臨走的那個晚上，戴上了氧氣罩，還是吸不到氧氣，因為心肌壞了，肺也腫透了。可是他認為那是氧氣罩的問題，一定要扯掉它。弟弟先到，他問弟弟我在哪。我趕來了，他用非常誠懇但帶着怨恨的眼

神盯着我，眼睛睜得好大。我是爸爸一直等待的人，他認為我必定會把他那個氧氣罩去掉，那他就好受了。他一直相信我。那道命令，那個眼神，標註着我對父親最後的悖逆。他走後，我一直無法擺脫這個畫面。醫生按例說他走得安詳，但我知道他走得很辛苦。他健康還好時一度說希望自己死於心臟病，那最舒服。他果然死於心臟病。只是他一直不知道那幾乎等於慢慢窒息而死。他停止呼吸後，院牧來了，一直照顧着我。我們在病房禱告，她忽然對着空中說，少鳴（我爸爸的名字），你若還在這房間裏，記着要跟隨耶穌。那一刻，我又記起父親要我拔掉氧氣罩的命令。那時我哭不出來。如今按着鍵盤，眼淚卻來了。

對生命力最旺盛的少年人來說，死亡一點不可怕。我多次聽到胡亂揮霍青春的大孩子說希望自己三十歲前就死去，以免自己變「殘」、變「醜」或變得「老套」。徐志摩飛機失事，留下英俊非凡、才高八斗的詩人神話，在教科書上閃閃生輝；黃家駒意外身亡，遺下海闊天空的光輝歲月，令一代又一代人終生懷念。只是不知志摩、家駒離世之時正單獨面對着甚麼。少年人不怕死，是因為死的可能性太低，他們尚未變得迷信。而且，他們總把自己看得很偉大、很壯烈。如果他們真的在三十歲前就死了，他們的爸爸媽媽爺爺奶奶可以怎樣接受其早夭？說穿了，人其實很自我。且聽他們說：「生於亂世，有種責任。」這話把從抗戰走來的老人

家和經歷過文革的中年人笑死了。自我誇大，把自己看成英雄是少年人的大本事。你希望他們洗洗碗碟嗎？你希望他們早上起牀整理牀鋪嗎？別想了。他們心裏的「責任」可不是這一種。

　　提到責任，不能不說到愛。很多人第一次感到死亡的可怕，是在最初為人父母之時。深夜，他們偷偷從牀上爬起來。是小嬰兒餓了？要換尿片了？不是；正因為她沒哭、沒叫，睡得正香。媽媽爬起來，躡手躡足地走到嬰兒牀邊，要看看女兒是否還在呼吸。上幼兒園的兒子發燒時，爸爸抱住他在醫務所裏排隊，等最紅的兒科醫生敷衍地說一句：「沒事，不過感冒，多睡覺、多喝水就好。」抱着孩子回家的時候，父母鬆了一口氣。預期中的答案，預期中的情緒起伏；而預期中的孩子也好像越來越遠離死亡了，漸漸變成了補習奧數、拉大提琴、參加網球訓練且定時做義工和讀國際學校的少年人。他是那麼高大強壯，天真活潑，以致父母從不知道他已經試過香煙、大麻、威士忌和女孩子的身體。他和死亡之間尚有一大段安全的距離，即使浪用一點時間，向着大去之期走近一點，也沒甚麼啊。

　　五六十歲的人坐在一起，話題不再是兒女，除非某人蓄意要讓人知道自己的孩子有多厲害——他考進世界級著名大學，她進入投資銀行工作等事，總是光采的。此等榮耀，不會隻字不提；但是，人成熟了，都有點分寸，不會說得太

多，而且，孩子優秀，朋友之間自有「報料」者，就正如誰離婚了也必定暗暗通天。老同學見面，收放自如、有麝自香，還不曉得？最常見也最適當的話題莫如怎樣保持健康。這時，大家都開始平等地討論病痛；準確點說，就是交換對付病痛的種種方法。酒樓飯店的老友聚會，大家提出的防治疾病良方，肯定比醫生的辦法還要多。誰病得最辛苦、最長久，就最有學問、最有資格進行衛生教育。偶爾說起某某因病早逝，全場噤聲，一刻不說話，驚心之餘的僥倖之感，不能說出口啊。慢慢地有人回到談話的正軌上來，工作、旅行、獵奇經驗、低調神醫……彼此漸入狀態，飯桌又嘰嘰喳喳、恢復活力了：怎樣跑步可防膝患，腰痛該如何料理，糖尿病可以吃甚麼甜品，癌症康復之後要避開甚麼食物……死亡一詞依舊是禁忌，大家依舊士氣高昂，如同一隊勝券在握、同心同德的軍隊。其實一桌人中泰半退休，大家心知肚明——參加喪禮時該有甚麼禮貌，附上帛金時為何要多加一元，都已成了常識。

不得不面對死亡的時候，無論兒女如何隱瞞，人都不會給騙倒。母親患胰臟癌時，弟妹不讓我把病情告訴她，她卻洞悉一切。她讓父親用輪椅把她推到銀行去，他們開了個聯名戶口。十年後老父離世之前說過要到銀行去買三張本票，把積蓄都移放到我們姐弟的戶口去，卻連這樣的機會都沒有，他就匆匆辭世。家翁臨終時，問的是家裏的人可有提

款給印傭買菜。我一位老師死前最惦念的是師母是否記得每天要服用多少種藥丸。這是他們說得出口的話。沒說的是：「我快要死了，我得一個人去面對，你們誰幫得了我？我的孤單和對未知世界的恐懼，還有分離的痛苦，你們能夠明白嗎？」但我們一感到他們想轉向這話題，必定殘忍地截住他：「別談這個！不會的！你一定會好起來的！你康復以後，我們去飲茶。」細心想想，這是多麼敷衍、多麼無情的話啊。但這種話我說了多少遍？

記得父親走前的某一夜，我在他關了燈的房間為他禱告。他說：「我沒用了，連坐着洗個澡都喘氣。」我說：「有沒有用，不這樣界定。您把我們都養大了。」爸爸沒說話。我忍住心裏巨大的痛苦，對他說：「爸爸，是時候面對現實了。您要好好認識耶穌基督。將來我死了，一定要在天國和您跟媽媽，還有爺爺奶奶相聚。」我一面說，一面哭。我聽到爸爸喘氣的聲音。那是我第一次和最後一次跟他直接說到死亡的事。當時，我的感覺是自己很不孝，但我知道，這是聖靈要我趕緊說的話。

一次到研經團契去查考聖經，讀到摩西的生平。步行只需十來天的路程，摩西竟然帶着二百萬以色列人在曠野流浪了四十年。聖經不能斷章取義地讀，否則對上帝的性情必然產生誤解。可惜這顯然是一般人的讀經方法。到我說讓我來解釋解釋，大家又不肯聽了。但我們且不要就此花時間理

論，先看看一百二十歲時的摩西。他短期之內失去了姐姐和哥哥，也看着一整代以色列人在沙漠上老死，身邊只剩下迦勒和約書亞兩個一同出埃及的「年輕」一代——至此，他們亦垂垂老矣。上帝對摩西說：你因犯罪也不能進入應許之地，只能上山看看那片廣袤的美地。而且，你也要死了。摩西默默無言。更使人驚奇的是，上帝的話讓他真誠感恩而非心存怨懟。他要隨祂而去。耶穌來到的時候，祂登上黑門山，顯出光輝的神子形象。此時，摩西和以利亞都在。摩西切實地踏足迦南地了。這就是默契，這就是團契。

研經班於是要我們做一個作業：如果你還有一個星期的日子，你會做甚麼呢？是啊，我會做甚麼呢？離世前一週的爸爸到底在想甚麼呢？

家翁逝世之後十九天，父親就走了。我的堂哥哥、堂姐姐都來參加了父親的葬禮。兩個月後，消息傳來，我最年長的堂姐姐也走了。我自然也去參加她的安息禮拜。聽說她到後來兩邊的肺葉都變黑了。她的好友告訴大家，她臨走的日子，只做了一件事，那就是認罪。來得及認罪，是莫大的福氣，來不及，卻是很多人的現實。在這段日子，驚聞國泰的兩位青年機師交通意外離開了世界。新聞出來後數天，更知悉其中一位是我兩位同屆同學的孩子。我們連聽到消息都那麼難受，他的父母何其痛苦啊。我默默為兩位同學禱告。他們的兒子和我的兒子正好同年，我能不膽戰心驚？

在堂姐姐的安息禮拜後，我弟弟説：「我跟她不十分熟（弟弟在國內長大，少見早已移民加國的大姐姐），沒有很心痛的感覺；卻因為她是我們這一代人中第一個走的，因此很傷感。人生真是短。」大姐姐生前從事健康食品的推銷工作，從不酗酒吸煙，卻因癌症逝世。我們一生，能掌握甚麼呢？她母親——我年近百歲的大伯娘坐在憑弔的人群中，頭髮白得很完全，一點灰色都沒有。看着她，我不能毫無感覺。我走過去問候她。她説：「這是上帝決定的事，我們只能順服。」她的平靜使我驚訝不已。伯娘和走過來的子姪逐一打招呼。大家記掛她，她反過來安慰我們説：「別擔心，我和她將來要見面。」

然後，世界如常運轉，地鐵、辦公桌、教室、酒吧、步行天橋、選舉、補習、各種各樣的牀鋪、飯桌、公開試，八達通……嬰孩從醫院一個一個地冒出、長大，老人從地面一個一個地剝落、消化。此後之前，那另一邊的安排與存在，人類是懶得探索還是害怕探索？

「世界衛生組織」網頁上有一個統計，叫做「你還能活多久」（WHO Life Expectancy）。裏面列明全球每一個國家的平均壽命。二〇一五年，日本人平均活八十三歲、新加坡人八十四歲，兩者都是世界人口中最長壽地區。香港不是一個計算單位，我們屬於中國；中國人的平均壽命是七十五。這和摩西的詩所説一致。他寫道：

在你（上帝）看來，

千年如已過的昨日，又如夜間的一更。

你叫他們如水沖去，他們如睡一覺。

早晨，他們如生長的草，

早晨發芽生長，晚上割下枯乾。

我們因你的怒氣而消滅，

因你的忿怒而驚惶。

你將我們的罪孽擺在你面前，

將我們的隱惡擺在你面光之中。

我們經過的日子都在你震怒之下；

我們度盡的年歲好像一聲嘆息。

我們一生的年日是七十歲，

若是強壯可到八十歲；

但其中所矜誇的不過是勞苦愁煩，

轉眼成空，我們便如飛而去。

⋯⋯

求你指教我們怎樣數算自己的日子

好叫我們得着智慧的心。

　　　　　　　　——聖經《詩篇》第九十篇

　　人對死亡有怎樣的認識，才算得着了智慧的心呢？對我來說，也許就是敢於面對死亡了。何謂敢於面對死亡呢？

不是怯懦地不去想它，也不是逞強地說不怕它，或把它簡單劃分為泰山、鴻毛兩種型號，然後選擇其一。民族英雄的死一定重於泰山嗎？家庭主婦的死一定輕於鴻毛嗎？我忽然想到了岳飛和他麾下許多戰士的父母親。我一位摯友的人生目標是在文學史上留下一兩筆。他早就做到了。我絕對不敢取笑這莊嚴的目標，我年輕時也這樣想過，卻擔心他尚未找到終極的平安。

我的人生目標很老套，卻是真實的──那就是死後更得天父上帝的疼愛，聽得見他對我說：「你的罪我已經赦免了。你是我心愛的女兒，是我又忠心又良善的僕人。來，與我在一起吧。」是的，「求你指教我們怎樣數算自己的日子，好叫我們得着智慧的心」，即使那是世人眼中巨大的愚拙。

二○一五年四月三十日

第三輯：扶手電梯與我的膝蓋

幸福

　　追求幸福，天經地義。可惜，追求者永遠在追求、在冒汗、在奔跑、在喘息，恆久處於未得的狀態；即使幸福近在咫尺，你永遠「搆不着」，好像總差一點兒才夠錢贖回自己暫時放在當舖裏的家傳之寶。[1] 奇怪的是也總有人真心認為幸福無處不在，他們無往而不利，事事遂心，且總能自得其樂。性格使然嗎？沒有人知道。心理學家認為這一切都源於我們是否能夠管理自己的情緒或梳理自己的童年，從而活出「有意義的人生」；但好一部分精神科醫生卻認為一切都是基因的祝福或咒詛；人是否快樂，起碼有一半由父母所賜。

　　最近出現的「幸福學」，把幸福的元素分為五種，英文簡稱 PERMA，[2] P 代表 Pleasure（或 positive emotions），愉悅滿心，自然有幸福的感覺。E 是 Engagement，指的

1　二〇一一年諾貝爾文學獎得主特朗斯特羅默短詩〈四月和沉默〉（馬悦然譯）詩句。
2　美國「正向心理學」心理學家 Martin Seligman 的「幸福」理論。

是投入的情懷。所謂快活不知時日過，正是這個意思，甚麼活動最使人快活？因人而異。第三，人須覺得自己活得有意義，有意義了，自然能夠尊重自己——因此，找到Meaning，也就找到了幸福的另一基石。有了幸福而不能與人分享（或因孤獨，或因伴侶家人朋友根本不care——面書之能發展為企業，正因如此），美好感覺起碼減半。處處面對仇敵或憎恨的人，幸福更必耗費淨盡（政客們，請聽），所以，Relationship——人際關係理想與否自然也是十分關鍵的。最後，我們還得靠賴綿綿不絕的成就感來生產「我是行的」良好感覺。幼孩第一次用筷子夾起一片肉，喜不自勝，正因為有了「成就」（Achievement）。

可惜，PERMA所指的五種幸福元素，只是陳述，而非通往幸福的具體路途。人有了幸福，你分析來幹嘛？人沒有幸福，分析能改變命運嗎？誰不想有好感受？誰不想投入好玩的活動？誰不想有甜蜜關係？誰不想活得有意思？誰不想在不同的階段得到不同的成就？

紅樓一夢，活在大觀園裏，我們自得面對更多的失落和錯過。先說意義。意義指甚麼呢？英雄救國？議員拉布？科研人員拿下諾貝爾大獎？聽說這一切都是為了貢獻大我。但大我追求的是甚麼呢？原來也不過只是幸福。人的幸福若非終極，所謂「意義」就無從說起了。

對嬰孩來說，抓得起一片餅放到口裏咀嚼已是成就。

追求成就有如打機玩遊戲。第一關很容易過，第二關也不難。因此，孩子綁好了鞋帶結，少年射入了三分球，青年考上了好大學，都是成就。但是，無了期的「升le」帶來的卻是越來越使人氣餒的處境。當小朋友還在為自己的第一個鞋帶結歡喜，父母親已經摩拳擦掌，堅決要他「贏在起跑線上」了。可惜，世事難料，對手更不好懂，起跑線上的冠軍，一般都輸在後頭。以前的十優狀元大都已銷聲匿跡，若非大徹大悟，就是「虎頭蛇尾」，「淪落」為「平凡人」了。那麼，一大早平凡一點兒不就完了？今天，成就早已變身成高薪厚職──說得準確一點是「高薪厚職過隔離陳太個女」的移動終點線。

現代社會裏，因為「意義」（meaning）的面貌模糊，「成就」（achievement）的定義太狹猾，許多孩子就只好打機上網來追求「好的感覺」（pleasure）了。父母師長見之，怒不可遏，於是喝令他們終止「投入」（engagement），結果「關係」（relationship）破裂……五元素全軍覆沒，幸福奄奄一息。

於是，香港社會上樹起了「沒有房子就沒有幸福」，「沒有平治就沒有幸福」，「沒有三大就沒有幸福」等鮮明的旌旗──先用房產或汽車來代替意義，再用三大（港大、中大、科大）來代替房產或汽車，一切以先胡亂樹起成就的「標杆」，其他就好辦了。至少，幸福五元素中我們得先保

住了一兩個。

我們這才驚覺，原來要得到幸福，過程無比艱鉅。但更難以明白的是，我們父母那一輩，竟然完全沒有這種失落感。他們一家六口住在板間房裏的時候，為了騰出空間，合力用四塊磚頭把牀架托高，孩子就在牀底捉迷藏。[3] 他們在用蘋果箱自製的小桌子上做作業。他們長大了要寫稿就去茶餐廳喝一杯咖啡、清潔阿嬸用拖把掃他們的小腿時他們說一句「唔該」又再坐他半句鐘。老媽去超級市場打價，老爸修理廁所水箱，阿爺殘局打殘了棋王，試卷上的紅筆一忽兒流出了寶藍色墨水⋯⋯板間房的「鄰居」來借一把米，陳師奶給了她三把。陳家四小孩在家沒人看管，張師奶連同自己的都接回家裏來。眾多小鬼自生自滅，一串人衝來衝去，推開廚房有時關着的破木門，哎喲，原來有個師奶在沖涼；她罵了一句，小東西已經悉數跑到沒有欄杆的天台玩耍去了。看，他們一個都沒丟失。（時至今日，不知何故，忽然又跳了個博士生。）

千萬別呼喚幸福的名字，更別愛上她。說到底，她只是個紅蘿蔔，搖搖晃晃像一道近在眼前卻不斷逃跑的地平線。幸福是肥皂在掌心，擦一擦，泡泡冒起來，滑而且美，

3　見葉輝散文〈家具與家人〉。

但若不將手洗淨，人生難以操作。忘記追求幸福，找個別的伴兒吧，例如智慧。智慧嫣然一笑，幸福就跟來了。

二〇一三年五月十五日

赤足情

唸小學的時候，老師問我們回家後先做哪一件事，同學的答案大都是陳腔濫調，包括吃飯喝水洗澡做功課。一個沒有舉手回答的女孩子，在下課路上輕輕問我：「真難懂，你們回家後不是先脫掉鞋子的嗎？那才舒服的呀。」

許多年後，我穿上線條優美、後跟略高的所謂斯文鞋子咯咯咯地上班，才體會到這位害羞寡言的同學話裏的智慧。每日黃昏甫進家門，第一個動作就是解除腳上的層層約束，先用勁扔掉固執死硬的皮鞋，再脫下密不透風的絲襪，把一整天委屈在固定位置上的腳趾伸直、張開，然後放在冰涼的地板上接受木質的觸摸。

皮膚觸地的一刹那，由腳掌流向全身的是純真的滿足、具體的自由和透徹的安息。脫鞋，成了一種真實可感的享受。家庭的接納和隱私權的體現，在赤足着地的當兒立臻圓滿。那種感覺，真有說不出的美好。

最喜歡親吻嬰孩的小腳。未經人體的壓力，未陷鞋履

的囹圄，當然沒有厚皮和惡臭，只有胖嘟嘟的小趾頭珍珠那樣透發着乳膚的粉紅和乳兒的體香，怎不叫人神魂顛倒、武裝盡解？家有幼孩的，無不地台滑亮，甚至鋪上毛毯，讓那些圓渾的小腳踢踢踏踏地寫下人生最早的遊記。可是人漸漸長大，生命中赤裸敞開的地方越來越少；密封的心事尚有偶爾流露的一刻，列隊而立、規行矩步的腳趾呢，則永遠躲在意大利真皮的預設形態裏，或方或圓或尖地呼應着歐洲設計潮流的浪峰。相對於挺立的高大自我形象，我們腳上的痛楚顯得微不足道。有人說，人生路的特點就是崎嶇難走，我們卻懶得過問：這是因為路上沙石太多，還是因為足下捆綁太緊？

夜深人靜，雙足終能與牀席親暱廝磨的一刻，我就會想起那位小書友清秀安詳的樣子，想起與她一同走過的山路，和離島上到處跑跳的赤腳孩童。半醒半睡之間，我甚至已經脫去鞋履，一步一步地踩在東灣被陽光熏熱了的沙粒上，讓腳掌四周沒入細密的廝磨，讓成長的疲累沿着那溫柔而直接的痛楚，慢慢釋出……

寫於九十年代初期

也談「範式轉移」

近來,「範式轉移」(paradigm shift)一詞,在社會論述的文章裏經常出現。此詞具有相當濃厚的舶來味道,又有點深奧,因而使人產生了一丁點兒敬畏,一丁點兒好奇,一丁點兒據為己有的慾望。讀者有點明白,又有點模糊;拿來放進政治的語境裏,寫書的人可以裝作很有學問,同時它又不怎麼妨礙整體的讀閱理解,真是太有用處了。

其實,連英語讀者也有許多不明白這個「轉移」到底是甚麼東西,因此,二十六年(1989)前,當一代管理學宗師司提反‧高維(Stephen. R. Covey)出版他的劃時代名著《極度能幹之人的七個好習慣》(*Seven Habits of Highly Effective People* ——此乃直譯,中譯本其實叫做《與成功有約》)之時,他要用一個例子來解釋。他假設自己坐在清晨的地鐵裏,一群幼童盡情地喧嘩叫鬧,孩子的父親就坐在他身邊,卻沒開口制止他們。忍受了一會兒,高維對那位父親說:「對不起,你可以管教一下這些孩子嗎?大家都很懊

惱。」對方如夢初醒，說：「啊啊，是的，我該說說他們。他們的媽媽一小時之前在醫院裏離世了。」說到這裏，高維告訴他的讀者，他這一次的感情經歷——由厭惡變成同情的過程——就是範式轉移了。換句話說，因為他忽然知道了更多的資料，他的看法改變了。由於他這本書賣遍全球，「範式轉移」一詞就不脛而走，流行至今。

其實，這個名詞最早出現於美國科學史及科學哲學家托瑪斯·庫恩（Thomas Samuel Kuhn）的代表作《科學革命的結構》（*The Structure of Scientific Revolutions*，1962）裏，範式指的是「一套非常清晰的概念、思維模式、研究方法、假設和標準」，以這些「基準」來推理、演繹，自然會得出某種「真理」。一旦這些「基準」改變了，那些「真理」自然就不再「真」了。因此，要能夠「轉移」，人須要改變的不光是思維方法，而是對事物人情的更基本認識。

其實，這個新興名詞（只有五十三歲呢）盛載的不過是個舊概念。聖經馬可福音二章記載了這樣一件事。耶穌和門徒於某個安息日走過麥田，門徒一面走，一面掐麥穗子來吃。法利賽人看見了，很是高興，因為他們抓住耶穌一夥「在安息日……作不可作的事」的把柄。耶穌洞悉他們的心思，就對他們說：「安息日是為人設立的，人不是為安息日設立的。」耶穌如此說，就是希望法利賽人來一個「範式轉

移」，真正明白上帝的心意。

我們之能夠成長，皆因每天都在經歷大大小小的調整。孩童和少年經歷知識的開拓，老人經歷與自身體力的妥協，新任爸爸媽媽經歷「養子方知父母恩」的覺悟，人人都經歷自我形象的升沉。中國人也早就從「莊周夢蝶」的故事中向「我」的本質和處所提出了疑問，從「天外有天」的推算中學會了謙卑，或從「見山是山，見山不是山，見山還是山」的經驗中學會了閱歷、深度和「範式轉移」的關係。可惜的是，人心真正的「範式轉移」並不完全自主，因此即使知道「富貴如浮雲」的人依舊會戀棧權力、貪求財富，明白應該「愛人如己」的人依然暗暗地損人利己。

英國作家魯益師（C. S. Lewis）說：我們知道「上帝是愛」，但不能認同「愛是上帝」；這樣說的話，愛就成魔了（《四種愛》）。同樣，我們曉得孝順父母乃上帝的命令，但不能把「孝順」看作上帝而罔顧其他價值；人權來自上帝，但人權不等於上帝。上帝，永遠是「範式轉移」的終極對焦點。後現代的「範式」可以無盡地「轉移」，一個否定一個，永無止境。如果這是真相，一切的討論又有何意思？人又怎能說「我對」、「你錯」呢？可見一切的「轉移」為的是尋找，尋找，為的是尋見。當月亮變紅、星體相擊、水源污染、地震史無前例地頻密而劇烈、新的病毒（禽流感、沙士、伊波拉、中東病）交替出現，殺人的事無日無之，當人世間的

「範式」漸漸和《啟示錄》於二千年前預言的「範式」霍然對焦，我的心還要轉移到哪裏呢？

上帝啊，願祢的國降臨，願你的旨意行在地上，如同行在天上。

二〇一五年七月七日

王陽明與使徒保羅

「志不立，天下無可成之事。」王陽明勸人立志，認為立志是建功立業與成為君子的先決條件。但他極聰明，可沒說人一立志，就「必然」成功。立志之時，人總覺得自己「應該能夠」完成所立之志，但同時也明白當中必有須要用意志克服的困難和誘惑。熱情的立志當下就使人感到強大的決心和難言的興奮——但要實踐所立之志，人必須能夠忍受頻密的失敗，沉悶的折磨和身體的不適。所謂苦心、苦讀、苦幹、苦練，無不強調其苦。人要立志去做的事，大多苦不堪言，古有懸樑刺股、臥薪嘗膽等以自殘來自勵的事跡；今有早睡早起、戒菸減肥等善待或惡待自己的行為。

我不知經歷過多少失敗的立志。少年時不斷立志好好讀書而不果，成績起落有如過山車。有人說不必苦待自己，只要盡了力就好。他們也真會說，「盡力」一詞來得輕鬆，說的人還友善地釋出幾分關顧，但聽在認真的孩子的耳朵裏，這話可以叫他內疚而死，有幸不死的，也會漸漸變成一

事無成的完美主義者。我小時候不知因為這話多麼看不起自己。有些孩子稍微不逮即全盤崩潰，我乃其中之一。我認為自己從來沒有「盡」過力，因我認為盡力即是鞠躬盡瘁——且慢，下一句是甚麼？那是「死而後已」。若有人對你說：我已經盡了力，那一定是謊話。記得我第一次打工是在一家廣告公司。一次我對上司說，我工作太多，應付不來。可他說：「你『去盡了』沒有？如果未盡，即是仍有進步空間。」我不久就辭職了。

立志而無功者，大有人在。這是許多人的心結：「假如那時我用功一點，謹慎一點……」可惜人生沒有「假如」可言，只有越積越多的悔恨。我自然難免為自己的疏懶後悔。後悔自己沒多讀書，後悔自己不夠孝順，後悔自己和朋友吃飯吃掉了太多時間，後悔把秘密告訴了不可靠的人，後悔說了某某的壞話，後悔自己的大半個人生……結論是我一定比人怠惰、比人軟弱、比人差勁。

這心結易生難解，假如我不是遇到了大有智慧而且極度誠實的使徒保羅，它必綁我一生。保羅比耶穌小幾年。生於大數城，從小受到嚴格猶太律法教育，曾在耶路撒冷著名的學者迦瑪列門下肄業，深諳舊約聖經。他恪守摩西律法，以致無可指摘之地步。後來他在往大馬士革的路上遇見已經復活升天的耶穌，成了祂的門徒，隨即投身傳道工作，最後為福音殉道。保羅寫過一封信給羅馬的教會（《羅馬書》），

部分縷述他的心路歷程。其中一句，讀得我額頭冒汗。他說：「立志為善由得我，只是行出來由不得我。」（《羅馬書》7：18）這位意志特別堅強的殉道者說：「在我裏頭，就是我肉體之中，沒有良善。」這已經動魄驚心，他還如此強調「立志為善由得我」的良好動機無法帶來貫徹始終的能力，平凡如我者，不是該更感絕望嗎？雖然理應如此，但我竟然如釋重負，彷彿聽到主耶穌低頭對我說：「你若能信，在信的人，凡事都能。」而我則仰首承認：「我信，但我信不足，求主幫助。」（《馬可福音》9：24）保羅尚且如此，我是誰？

志還是要立的，但所立之志，已不再是做甚麼、怎麼做、如何堅持了，而是運用意志、選擇相信上帝必定會「為自己的名，引導我走義路」（《詩篇》23：3）。我花了很長的人生才明白——立志行好，如同缺電的手提電話堅持自己發光和通話。立志相信，則等同接上正確的電源，而能發光、能通話，能行好，則都是後來的事了。

二〇一三年八月二十日

　　　　　　　　　　　　　　　長椅的兩頭

施洗約翰與喬布斯

　　聖經記載，為耶穌施行水禮的是他表哥約翰。他比耶穌大幾個月。為免讀者錯認他與耶穌同名的門徒，大家都在「約翰」前面加上一詞，以「施洗約翰」稱之，著述《約翰福音》的則叫做「使徒約翰」。「施洗約翰」住在巴勒斯坦的曠野，經常禱告，吃蝗蟲、野蜜為生，身披獸皮。他的工作，是準備好老百姓的心去迎接彌賽亞（即希臘文中的「基督」）——他呼籲同胞悔罪自潔，等候耶穌到來。當時的希律王搶了他王兄的妻子，約翰直斥其非，希律就斬了他。約翰犧牲時很年輕，不過三十出頭。但耶穌說：「凡婦人所生的，沒有一個興起來大過施洗約翰的。」

　　約翰和他的性情一直很吸引我。他短促的一生，連結着一個名詞：曠野。甚麼是曠野呢？英文聖經把曠野翻譯成「沙漠」。沙漠的聯想是酷熱、苦寒、缺乏、危險、沉悶和海市蜃樓的欺騙，同時意味着堅持、頑強和忠貞。另一方面，曠野是寧靜、寬廣而豐富的，充滿靈性上的象徵意義。

耶穌傳道以前，就在曠野禁食禱告四十天。

我們的城市世界，卻不停侵蝕僅餘的曠野。城市霸權的帶刺長鞭是華麗的物質世界，擁有的慾望和對方便的追求無孔不入，我們日漸失去星空，失去想像，失去反躬自省的空間，失去臨危不亂的視野。以前我們走路、乘車、坐船，不是閱讀就是發呆，甚麼都讀到了，甚麼都想過了。天地之廣，既在身外、亦在心中，因此視界無限而能清心覲見上帝。我讀中學之時，校園位處旺角小山，有一片青綠的草地。夜裏，在觸腳微涼的草葉上，少年人舉頭就是密密麻麻的星星，只要你肯，必能親睹創造的奇蹟。但數十年來，星星一顆一顆地隱匿，小小的電話屏幕卻一個一個地亮起。眼睛和光源之間的距離單位，由光年變成了厘米，中間還容得下多少思考和感情呢？喬布斯藉此變成了上帝，雖然他只是必朽的人，甚至沒保得住自己的頭髮。

我們趕走了那能夠讓人咀嚼生命的大曠野，卻在本來的青草地上建構了很多層樓林立的虛擬小城。垃圾信息讓我們飽得要死，如何 stay hungry 呢？我們荒廢了秉燭深談的懷抱，以平板的面相取而代之。毫無語調的短句交叉發送，加個笑臉，下一步可能已經是做愛的場面、分手的WhatsApp 了。聽說歐美最近流行這樣的飯局——眾人一到，必先把自己的手機放在桌子中間，誰的先響，或誰先拿起來「點撥」，就得付錢。可惜，我們有此反省卻無能為力

——手機又在抖震了。你不是怕出了事故、不敢不聽，你是捨不得不聽。

寧靜的曠野消退，孤獨的沙漠擴大。現代人已經分不清獨處的豐盈與孤獨的荒涼了。只要電話不響，鈴聲不抖震，機器不裝作鳥兒吱吱叫，機主就覺得遭友伴遺棄，苦不堪言。換言之，電話動靜的多與少，代表了你是否受人歡迎。年輕用家的自卑感由此而生。WhatsApp 群組，組中有組，又再有核心小組，層層都是撇棄的手勢。此刻要回頭尋找怡然自得的曠野，談何容易。

衣櫥堆滿了衣服，身體卻只能穿一件，且未必穿得好看。電話在手，書就掉落。窗外有風景，但你不願抬頭。上帝的恩典和大美送不到你的心，因為你的手掌上那長方形的進口太窄，且有強光鎖住你的眼睛，同時消滅一切優雅的信號。說到底，喬布斯和施洗約翰的信息，你只能二選其一。

二〇一四年三月十二日

讓我們拉筋 ──
扶手電梯與我的膝蓋

數十年前，香港只有一道扶手電梯。要一試不用腿來登的樓梯，只有到中環萬宜大廈走一趟。那時候，小朋友都很想去「搭電梯」，而父母有時也真的會把那個當作免費景點，帶孩子們去開眼界。

扶手電梯開始增加的日子，很多人都不懂得怎樣踏出第一步，而且即使踏上了梯子，還是站不穩。然後，商場的行列日漸壯大，地鐵（老一輩香港人都說「地鐵」和「火車」，不叫「港鐵」）也出現了，扶手電梯比比皆是，大家就習慣了。我們竟然可以從上環走走停停地靠着扶手電梯「步行」到堅道──妙想天開嗎？天似乎真的要開了。

說到「妙想天開」，我無法不聯結到舊約聖經記載的巴別塔。創世記第十一章說當時天下人的言語只有一種。他們在示拿地（在幼發拉底河和底格里斯河之間，即今天的伊拉克）發現了一片平原，就定居於此。他們燒泥為磚，又拿石漆當灰泥，要建造一座城和一座塔，希望塔頂高聳入雲，為

的是要「傳揚自己的名」，免得「分散」。上帝看見了，就
說：他們既然要做此事，以後還有甚麼做不出來？於是變亂
了他們的口音，使他們言語不通。他們就從那裏停了工，給
「分散」了（中文和合本《創世記》11:1-9）。我雖然是基督
徒，但最初讀到這段經文，仍不免困惑。為甚麼上帝不讓人
類造塔？那有甚麼大不了？原來《創世記》一開始，上帝就
吩咐人類要生養眾多，讓後代的足跡「遍滿全地」；造塔所
象徵的內聚種族主義明顯違反了上帝的命令。但變亂口音，
不免有點搞笑，我們可以想像當時人人正在「地盤」開工，
突然嘰哩咕嚕的，像香港人到了非洲小村子一樣——這不是
很狼狽嗎？

　　後來我又從其他文獻看到當時巴別塔的大略模樣。它

古代通靈塔一式。

很可能正是我們現代仍看得到的「通靈塔」（ziggurats）：底部是方形的，建造時一層一層地加高，靠長長的梯子連接。塔頂是祭壇，極可能是用來拜祭日月的。苟真如此，上帝的不悅就可以想像了。但祂的「審判」（懲罰）用力甚輕，只不過「變亂口音」。這不但幽默，也用心良苦：因為人類從此分居各地，果真遍及全個地球，不同的邦國文化也由此而產生。

本來在說扶手電梯，為何談到通靈塔？因為這些高塔乃當時各大城市的核心，是用來拜祭當地神祇的，因此它們既高且闊。除了避震和避水，還有一個目的──這樣高大的塔，繞行一遍已經不容易，當時的部族首領是這麼想的：人來祭祀神明，須要攀上很長的梯子，走得氣吁吁的才能顯出其虔誠。從十六世紀畫家所畫的巴別塔可見，繞塔而上的走道長得可怕。右圖就是畫家老彼得・布勒哲爾（1525－1569）筆下的巴別塔。

這幅畫要細心看：那條螺旋形的環塔通道，乃名副其實的「大馬路」，上面走着很多人和馬匹。圖畫頂部，也就是塔的最上方，建築工程仍在進行，可見當時的人實在有破雲通天的野心。此時此地，閃亮亮的香港也一樣。

且慢，今天還有巴別塔？當然有。但它已經化身成大大小小的商場，裏面的梯子都通電了，你要在那裏膜拜甚麼名牌，甚麼金錢化身的所謂品味，已經不必走很多路，

只須遊目四顧，就必看見讓人肅然起敬的層層「聖物」。不過，如果你趕着要到塔頂的餐廳與朋友吃個飯，對不起，你還是得用幾分鐘迂迴曲折地往上爬，因為大堂正中的扶手電梯已經蔓生為糾纏不清的熱帶雨林，你不得不依照它們安排的路線多轉幾圈，否則必定迷路橫死。「路上」，你「不能不」看見那法國皮包公司，那日本化妝品旗艦點，那標榜設計的首飾專櫃，還有那專門賣瑞士名表的玻璃櫥窗⋯⋯不信嗎？找個商場來觀察一下，看看直通多層的升降機顯眼，還是曲折離奇的扶手電梯顯眼吧。你毫無選擇就成了虔誠的「朝聖」者，因為你在消費主義的普世信仰中沉浸多年，尚未爬到塔頂已經屈膝了。

老彼得 · 布勒哲爾（1525 － 1569）《小巴別塔》，現存於鹿特丹伯寧根伊曼斯博物館。

人既然得靠扶手電梯更上層樓，繞來繞去地爬，「被迫路過」給端到眼底鼻尖來的昂貴物品，他的慾望可以完全不受撩撥嗎？人最難以抵擋的三大引誘，乃「肉體的情慾」、「眼目的情慾」和「今生的驕傲」（《約翰一書》），大型商場對準這三個大弱點，放出例不虛發的毒箭。大商場所售，無不用來滿足這三頭心魔。商場中名店獨大，舉凡大商場都一式一樣，因為小商戶無法負擔天價租金。如果說小商戶提供的是基本生活所需，那名店又供應甚麼呢？它們正是讓我們滿足肉體貪婪、眼目虛榮和個人驕傲的物質神荼。地產霸權，就是拜物教內權力最大的巫師。人人討厭他，星期日有時還會舉個牌子參加遊行反對他，卻好像一直無法逃脫他無遠弗屆的巨大陰影。自從來了一批講普通話的新信徒，我們更不自覺地變得咬牙切齒，因為他照顧他們去了。

即使我們本來並不貧乏，物質信仰仍漸漸使我們的日子只有金錢而沒有財富，只有潮流而沒有美感，只有玩具而沒有遊戲，只有美食而沒有營養，只有減肥而沒有肌腱，只有空調而沒有季節，只有性事而沒有愛情，只有工作而沒有事業。而這種種「誤會」，竟然主宰着全球的教育方向和人生追求。幾乎全世界的老爸老媽都說：讀金融商管醫學法律吧，這最能賺錢，這最能給我們面子。

但是話得說回來：千萬不要怪罪於扶手電梯。扶手電梯本身並不邪惡。邪惡的是把扶手電梯捏弄扭曲、使其變成

　　　　　　　　　　　　長椅的兩頭

拜物教通靈塔的「蛇餅」那份機心。不過，經過多年頑抗，我終於想到了一個運用扶手電梯的妙法──

　　我牢牢抓住扶手，看着前方行人的背影，盡量心不旁騖；且把兩腿踩在一個梯級之上，用力把腿伸直，左右輪流「拉筋」。注意力一旦集中到不肯彎曲的腿關節上，我就能經歷那微小的「痛」，就能忘記眾多名店海妖所唱的艷歌，就能站得更直。一旦如此，我們就不用再向物質偶像屈膝下跪了。

二〇一三年四月十一日

大學生活，苦不堪言？

上學期還有兩星期就完結了。此時，大學裏的年輕人漸漸變得萎靡不振，眼睛下面一團污氣，做起事來烏龍百出，遲到缺課不在話下，偶然更有暈倒、失憶、失常的；較常見的是胃痛和頭痛。我在大學工作快要三十年；同學之所以如此，原因不外幾個。

第一，課程的時間結構先天不足。我們大學每學期共有十三個授課週。首一、二週叫做「選修／退休」期，此時學生穿插於不同的選修科目之間，來來往往、進進出出，到處尋找合心意的老師，但最重要的是把自己的時間表搞好，希望每週至少有一天不用上學。這兩個星期裏，教授們都不敢教最重要的東西，因此，真正的授課由第三週才開始。那麼說，不到第四、第五週，又怎能佈置功課呢？第一個作業未發還，又怎好做第二個呢？很自然地，個人作業、口頭報告和各種測驗都相繼「沉澱」到學期的最後幾週。如果同學不懂得在學期初就好好計劃自己的時間，此時一定

會給各種死線重重捆綁、連連逼迫，以致不斷熬夜，不斷感冒，更把感冒不斷散播。

第二，同學大都不懂得管理時間。開學時，他們不曾料到的事情很多，包括上莊（做學生會、系會、學會的幹事），多做一份兼工，突然談起戀愛來（或一夜情變），「少數怕長計」的糖水活動，酒逢知己的「吹水」聊天，考驗你對舍堂是否忠誠的百般文武比賽，不可不看的 Champ fights⋯⋯凡此種種，都很美好。但是，若論其所花之時間，真是一種都嫌太多了，何況有些人同時要應付幾項？別忘了，學生的基本責任是讀書呢！港大同學有「搏盡、無悔」之口號，張大春也說讀大學就是要喝酒和高談闊論（《尋人啟事．鬍子》），浸會大學的孩子則喜歡辯論、跳舞、演戲。身為過來人，我對這些活動當然是支持的，可是，假如我當年更懂得珍惜自己的身體，這一切的終極意義必更能提升。簡單說，我們在有限的時間內絕不能「東成西就，左右逢源」，除了讀書，我們必須慎重選擇自己最想做的事，然後投入地、努力地做；別的呢，可以不管的就不管。

我常問班上的同學：有沒有「寫」記事本？有沒有「看」記事本？用了多少個「角色」來編排活動？一般來說，大家都「寫」記事本，但止於「記」事，「記」下了，就以為自己一定應付得來。很少人會用面積大一點的本子，於是無法

對一、兩個月內的事一目了然，從死線「往回走」地計算時間。許多人抄下日子，就不再翻查記事本了。能夠意識到自己在大學、朋友、家庭、各種關係裏面所擔當的角色，並用盡所有角色來安排日程的同學更幾乎不存在——忽然接到父母通知：伯公生辰要去參加壽宴，姨母一家回港小住且要佔用你的房間等事，經常發生，若不幸剛好遇上一兩個測驗，你怎麼辦？我們必須先行寬鬆計算自己每一項工作要用多少時間，再留下一點「緩衝區」；這樣的話，大家都會活得好一點。

第三，今天大學生的平均語言能力比以前的同學差。語言能力不夠好，讀一份參考資料，可能要多用兩三倍的時間來翻查字典辭書；寫一篇評論，要多費好幾倍心力。我的同輩在一兩天之內寫（真的是在原稿紙上「寫」）幾千字的 essay 一點困難都沒有。現在，畢業論文才萬多字呢。同學經過幾年的公開試訓練，就好像年年「考琴」的小孩，彈來彈去幾個曲子，表面彈得很好，其實既不懂得欣賞音樂，也不十分會彈琴。我常常勸學生組織讀書小組，五六人一組，分工把參考資料的生詞查考出來，每人「超級」熟習其中一部分，然後互相教導；省下來的時間，多看點課外書。

第四，同學很少敢於說「不」。有些人不敢說，是因為怕得罪人，怕自己沒法「埋堆」；有些是因為責任感太強，眼看隊伍裏有人只說話不做事，怕亂了大局，就代替對方出

手，工作於是倍增；有些則因為「好人」過甚，且害怕失去「好人」的形象，甚麼人教你做甚麼事你都答應。我有些學生差不多用最低工資為街坊（媽媽的朋友之類）打工，結果弄出一身病痛。其實一學會説「不」，整個人就輕鬆了。我們不為別人的看法而活，年輕人務必記住這一點，否則浪費人生。

第五，不少同學太想在讀大學的時候多兼職、多賺點錢。我常告誡同學，若非必要，不要為小孩子補習或到處打工。大學時光珍貴，要用最好的精神來享受。當然，假如家裏真的很拮据，年輕人自當與父母一同努力。苟真如此，最好以學業為重，不要上莊或參加要求極高的活動（例如劇社）。如果父母體諒，而且能力足以支援孩子的話，應盡量支援，讓他們享受大學裏的時光。

我最心痛的是大學幾年會把好端端的一個少年人變成一個病懨懨的畢業生。但我仍堅信：讀大學是美好的事。我建議大學的通識科教學生管理時間，讓校園裏眾多的夢遊者醒轉過來，讓隱藏的焦慮症患者不藥而癒。

二〇一三年十一月十二日

恩怨情仇一小時 ——

大學教室裏，甚麼在運轉？

　　小心，大學可以是綠洲，但基本上是沙漠！小心，原來連為人師表者也會咬牙切齒地報復！小心，你若處理得不好，你的性格和人生可以在成功的華麗外衣下逐步毀掉！

　　教室裏、講壇上、校園中，老師都會因學生的態度或行為生氣。如果老師從沒生過學生的氣，並不表示他脾氣特別好，只說明他從來沒在乎過他的學生、早成為專業的老油條了；相反，老師過分容易生氣，也不是好現象。在大學的教室裏，上課的一小時內，師生之間具體地經歷着種種恩怨情仇。

　　無論大、中、小學，只要幾個老師圍在一起，大家總是不斷指出學生的「離譜」行為和話語，說者言之鑿鑿，聽者嘖嘖稱奇，而結論總是「我們當年怎麼敢這樣對待老師」？此話暗藏玄機：當年最順服的是我們這些學生，如今

最受苦的是我們這些老師。這種情意結從未消失，老師恨不恨學生？一般很難否認。當中只有極少數能走出這個困局，客觀地思考教育的問題。

大學裏，情況也許更難控制。大學生翹課的翹課，失蹤的失蹤，少數留在教室裏的在聊天，玩智能電話或平板電腦，吃三文治把膠袋弄得沙沙作響，掰開餅乾給旁邊的好友搞得粉麵紛飛，我更見過不少把腳從人字拖褪出來互相廝磨。這還未算厲害，原來還有一口一口「雪雪」（因為粥很燙）又「唧唧」地（因為咀嚼）吃粥的。老師忍無可忍，含蓄地問：你吃的是甚麼粥？學生未解其意，認真回答：此乃皮蛋瘦肉粥。老師聞言，幾乎氣死。這是劉天賜——賜官在《講東講西》裏親述的故事。

我問自己：我若是他，會有何反應？我會生氣嗎？更重要的問題是：如果我生氣了，我在生誰的氣？我為甚麼生氣呢？如果我開口教訓他，我確實因為想他好嗎？教室裏，老師是權力的核心，我們會面對很多引誘。我們會認定學生所作的「壞事」是衝着自己而來的，因而產生負面的情緒，甚至不自覺地利用教育之名，暗暗計算怎樣向學生「報復」。我就曾經處身於這種充滿火藥味的教師會議中。我讀過兩篇散文，都是好老師寫的。一篇寫學生讀完了某個科目之後，遇見老師就不打招呼了，她非常氣惱，自嘲為「過期老師」，認為學生忘恩負義、勢利市儈，控訴學生因老師不再

操生殺之權而視而不見；另一篇寫上課時一位學員突然站起來離去，老師叫也叫不住，因此後者怒髮衝冠，認為這是十分要不得的行為。每次談起，他們都極度氣憤。但我覺得，這種留在老師心底的鬱結，積少成多，會教老師變得偏激，更會磨蝕他的教學熱誠，因此必須適時舒緩。

我教學不久遇上一個學生，他的樣子像一顆話梅乾，面皮皺成一堆，眉頭打結，黑黑的臉再沒有容納其他表情的空間。記得他總會用怨恨的眼睛盯住我，讓我渾身不自在，每次要上那一班的課，我都很想逃避。還有一個一進來就睡，一睡着就扯鼾，一扯鼾就吵得連飛機的聲音都蓋過（那時我們還有啟德機場）的男孩。這兩個學生都嚴重影響我上課。我以為他們都覺得我的課很爛、很悶。後來，這兩個男孩都分別來找我。第一個告訴我他爸爸患癌，他很擔心。他的樣子反映的原來不是對我的不滿，而是對父親病情的憂慮。第二個說他每天都到酒樓去清潔，工作到半夜三點，為的是存點錢，好與女朋友一同出國留學。最後，女同學拋棄了他。兩個男孩都在我眼前流淚了。

他們的淚水教會了我，學生的態度和行為，看在我們眼裏叫人難受，其實，他們沒有針對老師的意思。這讓我想到，課程過後不叫老師的孩子，會不會因為一面走路一面想着甚麼東西才忽略了老師呢？會不會因為怕老師認不出她而尷尬呢？從教室飛奔離開的，會不會因為家裏出了事呢？會

不會剛好失戀呢？無論如何，他們這樣做都是不對的，但可能沒有衝着老師而來的惡意。看通了這一點，我們的教育切入點就更準確了。

身為老師，知道學生不開心，切勿假設他在恨自己。我們若有機會就某種情況當面問一問同學，彼此了解，視野一擴大，就能避免很多誤會。就我所知，師生之間的誤會其實多得很。有老師對我說學生看不起她。她說學生在課上議論她。學生也來找我，問我那位老師為何對他們有偏見。了解情況後，我知道那些孩子不過忍不住在課上胡亂聊天，但內容不是她。

因為這種種狀況，大學就有了各種各樣的大校規、中校規和小校規，例如在教室裏張貼「不得飲食」的指示，遲到十五分鐘以上作缺課論等等都是例子。校方希望借助相應的罰則，幫助學生學會正確的行為。可惜事與願違，我幾乎天天都遇上用另一個角度來理解校規的孩子。就以遲到缺課的校規為例吧。一個女孩說，遲到十五分鐘之內的不算遲到，她還堅持：「校規是這樣寫的。」同學一般認為缺課六次是他們應得的休息。老師聽了為之氣結。同學更說，我遲到沒關係，反正好多老師自己也遲到五到十分鐘；你若去問那些老師，他們就說：準時何用？反正學生未到。凡此種種，讓我們明白到校規不能沒有，但有了並不表示我們已經做了應做的事——教育學生。對小部分老師而言，校規最好

用來管教自己。

教育可以通過規管來進行，但規管不等同教育。我個人看，教育分兩個層面，一是教會學生分辨對錯，二是教會學生做對的事。我們可以用遲到缺課為例，再深入一點探討這個看法。有些老師很嚴格，學生怕給他抓個正着，不敢遲到，但在別的科目、別的老師的課上，他們就隨便得多了，甚至經常不來。這樣說，那位嚴格的老師有沒有教育了他？我認為沒有。有些老師很寬鬆，遲到缺課全不理會，認為這是學生的自由。同樣，他也沒有教育學生。真正的教育，是讓學生知道對錯，而且有動機、有辦法去改過。

光是「告訴」學生他們「錯」了，強迫他們去改，學生根本很少會聽從，因為上課不是他們優先序裏排在最前面的事項（他們的優先事項可能是「學會」、愛情、埋堆或兼職）；然而，一旦動用扣分機制，則只能算是恐嚇，學生即使就範，也必然覺得反感。勸而不聽，罰而反抗，學生和老師的恩怨情仇就只會一小時一小時地加增……

怎樣解決這樣的問題呢？我覺得，我們不但不能讓師生之間的關係惡化，更須要建立、改良、鞏固它。但良好關係，只是教育的先決條件，絕不是充分條件。老師能夠就其專業感染學生，提供學習平台和知識，啟動他們向前努力的引擎，才有機會成功地進行教育。但我們經常為了維護教室的秩序，就忘記了建立學生人生的秩序；為了維護自己的威

信，就忘記建立學生的自信。我們經常為了「做好這份工」，就忘記了怎樣才能真正地做好一個老師的工作。如果我和我的人生無法讓學生產生任何羨慕，我就無法進行真正的教育了。因此，無論教甚麼科目，我們都得先設法了解學生的困難，設身處地，和他們一起想辦法。我總得設法看得見他們的憂慮和恐懼。

在港大時，我把自己的憂慮和恐懼一直隱藏在心裏，結果變得很焦慮，成績也不特別好。港大是十分空曠、荒涼的大學；但也是個精英雲集的宮殿、學問的寶庫，可惜對一年生來說可謂地圖不詳、路線不清。幸好我有許多好同學，我們互相幫忙，才聯手跨過了曠野，看見了水源。老實說，當時的老師沒有誰真的會主動照顧我們。但是，好同學不一定能夠遇上，到我身為老師，就得設法把自己獻給青年人，成為他們的好朋友。我希望我和同學之間只有恩情，沒有怨懟——只是老師畢竟是人，怎也無法做到百分之百。人心易傷，我們總有不經意傷害孩子的時候。我希望師生之情淡如君子之交，卻能細水長流；我希望沒有一個孩子當我是仇人。我也絕不容許自己這樣看待學生。我從未利用分數來報復學生的「不乖」，也相信沒有多少同學會幼稚到利用教學評估來害我。

我深信，很多青年人從未想過自己可以到達甚麼高度，可以走得多遠。他們總帶着比上不足比下有餘的錯誤心

態來讀大學。他們會想，也好，我進了浸大，雖然比不上港大中大，怎也好過某大；進了牙科，就拿醫科的同學比。比來比去，心有不甘。事實上，我估計真正喜歡自己所學的人不多。香港的大學生中，滿身落難感的，多於有成功感的——包括最精英的醫科生。他們難道不也認為腦外科高於皮膚科嗎？事實上，落難感和成功感不過一個銅幣的兩面。人人生而平等的優良心態是要努力去培養的，這才是一生的功課。我們在教室裏的一小時，教書只是基本責任；我們的使命，是要讓年輕一代發現自己的能力和發展生命的可能。所以無論我教的是哪一個課程，都會給大家一點點時間學會自我管理的方法，找到改善中英文的門路，發展欣賞好同學的美意和要求自己成為正能量的意志。我寧願他們帶着信心、喜樂和紀律做個平凡的人和面向世界，也不願意他們成為一生咬牙切齒的專業人士。許多次了，我班上的學生一一由陌生人變成摯友，這是我在教學的路途上最引以為榮的。耶穌基督給我的教導，就是和年輕人一同走向善良，並用善良來對抗世界的邪惡——包括老師和學生自己的邪惡。

二〇一五年七月修訂

談中港大學生的不同

我在大專、大學教書的時間剛好超過三十年，起初兩年當導師，後來正式成為教師。我退休前教的科目主要有兩個，一是新詩創作；另一是一般創作（學生要寫散文和短篇小說，也可以寫詩）。近十多年來，我班上總有一兩個從國內來的學生。

很多大學老師都說國內學生比香港的學生強，起碼中文水平高一截，人也比較用功；有老師甚至說，國內學生連英語也比較好。其實情況頗為複雜，我不認為國內的學生有絕對的優勢。舉例說，八家大學中有七家的英語水平相對接近，每年的 IELTS (The International English Language Testing System) 成績港大一枝獨秀，中大平均少零點幾分，其他大學則緊隨其後。國內學生的英語水準比不上港大生，但和其他大學相比則差不多。

說到中文，國內同學的口語（普通話）和書面語極其接近，他們文字比較流暢，弱點是想到就寫，而且歐化嚴

重。香港同學語文歐化的情況也不少，但沒有內地同學那麼多，粵化則更多。成語呢？大家都不大會用了。十年前，香港同學的課外閱讀量和國內同學的相比，可謂大幅落後。不過，據我個人的觀察，二者的距離正在縮短。我班上的香港同學進大學後都願意開始多閱讀，而國內同學卻已經不像十年前那麼愛讀、能讀了。就語法而言，國內同學通曉語文法則，不論來自甚麼省市，起碼早學通了「主謂賓定狀補」，面對病句也總能修正。香港同學則好像怎樣都學不會語法，老師教過，但一考完試馬上就忘掉。香港同學的錯別字也多一點，可惜國內生的錯別字也越來越多了。

國內同學的爭勝心很強，較少能夠接受自己成績不好。部分同學更因為自覺不逮而患上了焦慮症。可惜即使學校不住提供輔導，且把父母都從國內叫來了，這些孩子還是回不了家。國內父母很多都不肯面對現實，覺得孩子既然來港了，就必須讀完研究院、住滿七年，取得身份證才衣錦還鄉，結果患思鄉病、情緒病的年輕人比比皆是。一次我問一位大陸同學為何不多交朋友，同學說：香港人總覺得國內生講的都是普通話，而講普通話的學生這麼多，必然不愁沒有同伴了；其實他們一個來自東北，一個來自湖南，好些家在福建，或在廣州出生，他們之間也有想像不到的文化鴻溝。相對而言，香港學生倒是比較容易交上好友的，雖然天天睡不飽，精神健康卻相對較好，因此更能享受大學生活。

就性格而言，國內孩子很多都是獨生子女，與人相處的訓練較少。有見識的家長會把自己兄弟姐妹的孩子聚集在一起教養，盡量清除獨生子女的嬌氣。但也有些父母很享受溺寵自己的孩子。我就知道一位住在北京的母親大人忽然從「天」而降，出現在宿舍裏，把孩子的房間收拾得窗明几淨、一塵不染，還從超市買來許多食物。不知孩子的同房有份兒享受這一切沒有。其實香港孩子中也有這樣離譜的，不過進入宿舍打掃的是菲傭而已（此言非虛，這位小姐是我女兒的同學）。但一般而言，國內同學的交友技巧較差。老師學生一起去吃東西，諸多藉口怎樣都不肯參加的，大多是國內孩子。但另一方面，國內孩子比較重視和老師的「關係」，頗為緊張老師對他們的看法，經常單獨來找老師，來的時候師生界限分明，他們總是禮貌周周的（看來這是家教），有時甚至會送禮物（老師們卻很怕他們這樣）。香港學生也常來，但總是來撒嬌，或找我幫手做校內活動，或叫我捐錢，或單純來胡說八道、談文說藝，甚至吃喝玩樂。他們也送卡，送一兩顆小糖果或小圖畫，不會花錢買禮物，孩子氣得可愛。

說到創作，國內同學有極好的工具——流暢的語文。香港同學無論書法還是行文都及不上國內的孩子。但是，香港同學作品的呈現力和感染力都強得多，而且學得很快——學期初的作品和學期中的已經大大不同了。相對而言，國

內孩子則不大敢脫離規範，有時甚至害怕不慎寫出「政治不正確」的東西。我說的當然不是政治。我是說他們不敢寫任何離經叛道的場面、細節甚至思想，作品很多都是熟口熟面的，但其語言成熟流麗，在一大疊連基本表達都顯得吃力的文字之中，總是那麼賞心悅目。但他們為何常給我評為缺乏創意呢？他們這樣年輕，難道真的是這麼死板的人？才不是呢，我在升降機裏遇上的國內孩子聊起天來挺活潑的。那到底是甚麼讓他們的「創作」那麼自然地自我限制？這就要問問國內的文學教育了。我每一年都十分用勁鼓勵國內的學生勇敢一點探索人性，寫出更真實的創作來。

香港孩子的作品則是活潑跳脫、意象豐富的，而且無事不能入文。我有一個學生一次他交來一首短詩，讓我愛不釋手。他用隨手拈來的意象寫夫婦的疏離，真是不作他想：「當心裏的重擔再不放在 / 彼此超載的貨車上 / 交通緊隨髮線日漸稀疏 / 問這麼多幹甚麼」（吳致寧，人文系學生）──這樣的作品常常給我帶來莫大的驚喜。幾乎毫不例外，這一類作品都出自香港學生之手。

這都只是我個人的觀察，很不全面，請讀者指正。

二○一四年六月二十四日

第四輯：秦俑的手勢

鉛筆

　　打掃的時候，屋角滑出一枝鉛筆。我俯身撿起，吹去它身上的乾塵，才發現筆嘴處鉛心已斷。

　　鉛筆刨轉出薄薄的木花，一串一彎，欲斷還連地垂落在紙上，黑色的鉛粉輕飄飄的灑落，有一種淒涼美。這枝筆一定已給摔壞了，木殼裏的精靈早已肝腸寸斷，無論我的手指多麼溫和地旋動，它都無法吐出一小截完整的心事，就像給傷透了的一個落寞人，讓失控的抽泣打斷了話語。眼看着它逐漸消磨，我的手冒了點汗。然而，寫不出字的鉛筆又怎能成就自己的名字呢？抖去鉛筆刨上的黑色粉末，我只好再接再厲。

　　當那光閃閃的黑色圓椎形終於穩定地打木環吐出，我手上的它，已經只剩下半截了。輕而小的四寸，就這麼乖巧地躺在我拇指和食指之間的谷口，顯得可憐兮兮，活像一個不足月的小嬰兒，睡在高大的父親的懷裏，那感覺雖然溫馨，看上去總覺得有幾分不相稱。

歲月在記憶裏日漸溶解，有如長灘潮落，一度豐滿澎湃的，可以變得平坦又平靜。驚濤餘下的，可能就只幾枚本來屬於大海的破貝。我的手長大了，不再是四歲小孩白胖的嫩手，早已厚繭四佈，手指因過多的書寫工作而稍微變了形狀，而且瘦骨嶙峋。但如今重新拾起的這小小的一截童年，在我掌上竟依然溫暖，一如破貝仍舊蓄着大海深沉的流動。

　　也許我已不能記起自己甚麼時候首次拿起一根鉛筆了，但鉛筆確是我的第一管筆。小時候家裏沒有鉛筆刨，鉛筆寫鈍了，就得拿給爸爸或媽媽給我把它削尖。爸有時用一塊刀片，有時用一張果刀，媽看見了，就嘮叨着説他不衛生。那時我站在桌旁，眼睛才高出桌面那麼一點點，看見的東西都偉大而神秘。爸的桌上有許多紙張、顏料和大大小小的畫筆，卻都是只許看、不許碰的，繽紛的東西好像總屬於成年人。我握着那根又短又單調而且必須削完又削的破筆頭，當然非常不滿。

　　鉛筆越削越短，自己卻長高了。我開始覺得那支筆使我看來過分稚氣，不肯再用。筆盒裏慢慢添上了鋼筆、原子筆和新出品的自動儲水筆。我開始感到自己重要、成熟，話語和文字都必須得到應有的重視。母親和師長不約而同地指出我的書法退步時，我反感得要命。

　　隨後的許多日子，我一直拒絕鉛筆，至少在別人面前如此。但我又隱隱感覺到它與我有着不能否認的初戀關係。

當初母親的大手如何把着我的小手教我寫「手」字，教我寫「土」字和「人」字，今日我就如何用手，生長，為人。那截短短的鉛筆，竟寫下了我生命中一段不可替代的、萌芽成長的光陰。

母親也教會我用鉛筆的最好方法：轉着用。尖的那邊磨滑了，轉轉它就能找到較尖的另一邊了。如此輪替更換，鉛筆自然削得較少，也就更耐寫了。當時聽了，只覺得多此一舉，反正鉛筆便宜，削完可以再買，竟沒有想到有許多東西是再也買不回來的。

長大了，讀到了莊子的哲學，才猛然省悟到自己到底已經浪費了的是甚麼。如今我把着孩子的右手教他們寫字時，一種奇異的心情會打自遠古的記憶偷偷潛近。今天我更懂得珍惜的道理，是因為我已經有過失去的經驗，但我那剛上幼兒園的孩子聽得懂嗎？

到了此刻，我好像才重新發現了它──我的鉛筆。它的心是忠實而溫柔的。對我來說，世上沒有一種筆可以像它一樣充分呈現我右手的輕重與緩急、陽剛與溫柔，並完完全全地展露出我的躁動和寧靜。且看筆鋒於紙上泅游：輕撇如水，重捺似鞭；二字之間藕斷絲連，卻又似有若無地串句成段、織段成篇。那鉛筆舞蹈着我的心情，簡直可以跳出一種用眼睛來享受的節奏。你或不忍心看到它易折易損，每每得削完又削，磨損青春，它卻是真實的；它不如原子筆耐用，

也不及形形色色的大班筆滑溜，然而在我眼中，它的易傷和敏感正正使它少卻幾分機械，多添幾分人性。

我把手裏小小的它放到書桌的抽屜裏。說不定它還可以寫出一點甚麼。陽光瀉入屋子裏，飛塵閃亮。我這才看見斜倚在桌旁的掃帚：原來地還沒掃完，不知道是否還能掃出幾支鉛筆來。

寫於八十年代後期

白米隨想

　　孩子腸胃炎，得吃白粥。我們懶得另外做飯，也跟着一起吃。

　　煮了大約一小時，粥水在瓦鍋裏大開，乳白色的半透明米液，自中心高速散射到鍋邊，像節日夜裏黑穹中開綻的煙花。粥花沒有煙花繽紛美艷，但它在火焰上長放不謝，純潔噴香，這又豈是一瞬即逝的煙花可比的呢？

　　洗米的時候，我總愛用手抄起幾顆，在柔和的、薄薄的一層水衣下，看尖長卻飽滿的米粒在廚房的燈光裏閃耀。小小的顆粒形狀有如小紡砸，有大自然那獨特的、略為不規則的神態，近尖的地方，有的清削，有的圓潤，總之，沒有兩顆米是完全一樣的。它們聚集在我濡濕的手心，方向各異，以不同的姿式折射着光線，是個悅目的景象。我覺得它們比珍珠還要清潔好看。它們的生命要變成騰熱的香飯，以另一種方式供應我們的生命，它們不像珍珠，只曉得爬在女人香水和着汗水的脖子上，去撩撥另一個女人的妒忌心，這

就夠使人歡喜了。

　　米粒成了白飯的時候，更是動人。中國人習慣以五穀作主糧，魚肉菜蔬為配伴。往日國家太窮，人民不能每頓飯吃好菜，甚至沒米沒麵。今日香港，大家飽足，但仍以吃飯為主。我們不像美國人一般天天數算着各種食物營養的「每日定量」，還得大量吞服魚肝油、花粉丸和維他命。我們也少一點患上他們的痴肥症。白飯一碗，熱騰騰，香噴噴，以柔和而又富足的曲線，小丘般打碗中冒起，猶搖曳着紗白的清煙，難道不比那方正木呆的麵包片來得更溫柔親切嗎？尤其在那些冷雨飄飄，寒透衣帽的冬日，你一腳踏進家門，即有那麼一碗熱飯在迎接你，這該多好。你把熱碗端在手心，僵冷的十指甦醒了，一種奇異的溫情傳遍你全身。這時，你感受到的飽足又豈止於肚腹？飯桌四周，每人雖各自捧着一個碗，目光卻永遠是向心的，言語間、笑談裏，你不覺就成長了。

　　所以，一個人的時候，我寧可到街上吃，很少自己燒一碗飯。愛飯，其實也是愛它所象徵的幸福。米飯、團圓，在我心裏漸趨同義。幾年前我住在港大的研究院宿舍。那是學校招待外賓的地方，設備如同一流大飯店，全院滿是地毯，房間有私家浴室、冷暖氣、冷熱水不在話下，校方每年只肯「收容」十來個同學，幸而有津貼，否則那種昂貴地方，有學生來住才怪。來了的同學不得只顧唸書，必須定期

參加酒會，打扮得體地與各國路過的「學貴」交流。那裏的晚餐更相當隆重，長桌子，白餐巾，一切都很講究 —— 除了味道。廚房煮的，多是西餐，於是刀光叉影，伴着咀嚼的聲音，就成了我們每日傍晚的節目。沒多久，一個台灣同學厭膩了這種「如貴族」般的生涯，買了個巨型電鍋回來。晚餐他雖照吃，但一到十點，就把所有中國同學都叫到他房間去享受他煮的白粥，吃一頓開開心心的。

白粥是真的白，鹽也不下，煮得綿綿輭的，黏稠中流動着清爽，入口滑而暖。大家每夜必拿着自己的碗筷走到這暖和的屋子裏，坐在牀上，地上，桌子上吃一兩碗。同學常備泡菜、鹹蛋或是香腸給我們「送粥」，真是滋味無窮。最難忘的，當然還是那時候奔放的笑鬧和喧嚷，那種聚首一堂、坦誠相對的光景。

這種事，舍監一輩子不會曉得，我們卻畢生難忘。雖然一年之後，大家散落到人海的起伏裏，各自追尋幸福，沒有勉強相約見面，但必然仍分享着同樣的美麗記憶。一鍋水，兩杯米，竟使我們能夠如此相敍，勞苦的生命同時也充滿着明媚的事物。

到今天，我望着白粥在瓦鍋裏快速地對流，中間隆起的小山，正浮着許多「開了花」的碎米粒。全熟而透明，形狀變了，溫柔了，香口了，一剎間依聚在一處，霎時卻已打各方回落，真是好看。我知道煮稀飯得有耐心，火不能太

慢，太慢的話米不成飯，生澀難以入口；也不可太猛，太猛會教稀飯溢到鍋外，不但一塌糊塗，連火也會弄熄。於是我小心地站在爐火旁邊等待着。

「媽媽，我們餓了。」孩子探頭進來說。

「行啦。」我說。

時候差不多了。

寫於八十年代後期

杯子

廚櫃裏放着許多杯子。有耳的、無耳的，便宜的、昂貴的，粗厚笨重的、柔薄透光的，炫耀着校徽、年份或給茶漬酒印重重捆綁着的……房頂的燈光繞過廚櫃的木壁，穿越劣質的玻璃，慈和地灑落在每一個圓柱形的杯子上。

每次喝水，隨手抓起一個杯子就用，圖案、大小全不計較，喝完擰開水龍頭，胡亂沖沖就擱在筲箕上晾。講究的話，喝果汁要用高瘦的淨身玻璃杯，加幾塊冰，喝一口、看一看，看果汁的顏色有多鮮亮，聽冰塊在玻璃的圍牆內如何碰碰撞撞，再用手指抹抹玻璃上一點一點的小水珠，像下雨時伸手觸摸一片拱形的窗。喝茶更講究一點。要挑一個薄的好傳熱，杯身要有幼條耳朵，且稍微向外攤開杯口。喝的時候，像享受一個微笑。杯上的小花要淺得像下午四點鐘的餘光。小碟子磨擦着杯腳，碰出的的答答的白瓷的聲音。茶九成熱，白煙在眼鏡上若有若無地勾留。聚散匆匆，散去時對面仍坐着一兩個最要好的朋友……

斟與酌、品或嚐，吞吞吐吐或暢所欲言，都是味道。即使是最脆弱的紙杯，也有過盈滿的時刻。從無邊無際的大空間創造出一個一個的小空間，是從無限勺出有限，從永恆勺出此生。所有的杯子都有一種無中生有的美，每一次的盛載都意味着清空，每一次的清空都意味着滿足。一杯在手，不意就握住了一個上好的時辰。

二〇〇三年一月十三日

大自然的史詩 ——
創造天工開眼目，群山萬象拓心神

　　早就聽人說神農架景色絕美。但神農架是甚麼呢？哪來的「架」？這個「架」有多大？在哪裏呢？我一直不大曉得。維基百科如是說：「神農架林區為中國湖北省的省直轄縣級行政區，也是中國境內唯一作為縣級行政區的林區。地處湖北省西北部，相傳華夏始祖炎帝神農氏在此搭架採藥，親嘗百草而得名。」

　　神農的名字大家都聽過，是否真有其人，卻少有結論。他是三皇之一，估計那只是追封的榮譽。神農稱「氏」，頗有點神祇的味道。和他一起有「氏」之尊稱者，還有有巢氏、燧人氏、伏羲氏和女媧氏。我估計這些讓中國老百姓看作神明的祖先，不是幾個人，而是好幾組人、甚至很多代的聰明人。他們自己研究出搭建房子、用火、結繩作記、建立社群制度、用草藥治病，研究耕種的方法，然後與人分享，造福百姓，以此聚集更大的社群，形成了文化。若真有神農這個人，他的貢獻建樹未必是三皇五帝中最多、最

豐富的，但那犧牲小我、成全大我的精神卻是最偉大的，因為他用自己的身體來試藥，所冒的風險可想而知。比起其他「氏」，神農大夫的愛是最要付代價的，實在使人敬佩、追懷。

神農架設有巨大的「神農祭壇」，但那卻是拜偶像的商業區，用地甚多、卻醜陋無比，上面的神農氏大頭像鬼多於像神。當局因此而砍去了許多林木，與神農這位環保先鋒的理念肯定背道而馳。恐怕這就是神農架上最難看的一角了。

神農架上，山區佔去 85%，七成為林木覆蓋，境內山脈屬秦嶺山系大巴山脈東段的神農架山脈。地勢由西向東，由南向北漸次降低。最高處的「神農頂」高達海拔 3106 米，最低點也接近海拔 400 米；八成地域位處海拔 1200 米以上。其中海拔 3000 米以上的有小神農架、大神農架、神農頂、金猴嶺、杉木尖、大窩坑六座，河流有香溪河、堵河、南河等，無一不是風景佳美之處。

神農架在湖北省西北，位於川鄂邊緣，總面積為 3253 平方公里（香港總面積為 1104 平方公里），幾乎等於三個香港。香港有這麼多的郊野公園，走也走不盡，神農架更盡是山林，多麼壯闊炫目啊。香港特區最高的山是大帽山，高度是 957 米，神農架上的濕地大九湖就處於 1700 米以上。神農架稱為「華中屋脊」，其雄偉可以想見。

我們很長時間坐在旅遊巴內，車子開得很慢、很小

心，因為狹窄公路矮矮的欄杆之下總是千丈深谷。輾轉來到山上的時候，已經黃昏；到了大九湖濕地，我即時就給迷住了。一路繞山而來，早見「兩岸（公路兩旁）青山相對出」，正自目不暇給，忽然已達山頂的平地，一片一片的泛藍湖水在雲霧中細細地亮起，不霸道的柔光切入記憶：天青水碧，千種灌木萬頃喬林於暮色中退綠留紫，夕陽在群山之間亦露亦藏，水禽滑降而眾鳥喧嘩，實在美得驚人。我很想聽導遊說說這片濕地上的生態，豈料她說我們先不來這裏，我們要去看梅花鹿。說時遲、那時快，車子趕忙駛走了。這片濕地，我到了第二天清晨才看得清楚。可惜那時已經不再有黃昏景色了。

大九湖濕地（海拔 1700 米以上）晨霧一景。

當時我們趕去看的是梅花鹿。梅花鹿給養在欄柵之內，看來自由自在，其實活動的範圍不多。我們逗鹿兒玩，餵牠們飼料，給牠們拍照，都只能把手和鏡頭伸到欄柵裏面去，限制極大。而且，大部分的雄鹿的角兒都沒有了，估計給割下做鹿茸去了。我很幸運，拍到了一雌一雄的「夫婦」在小坡頂上漫步，雄鹿的角尚未十分複雜，因此仍可以留在頭頂上，很美。

神農架鹿苑。

　　我們拍了幾張照片，就給養鹿的管理員趕走，他說我們遲到，因此看看就該走了，因為他得讓下一批遊客進

來。我們依依不捨地離開，司機重新趕回大九湖，但天色已暗，錯失攝影良機。我們只好先回到賓館。吃完飯等着上房間時，我忽然發現這樣的廣告牌子，它鼓勵我們喝鹿茸血——難怪雄鹿的頭上都少了角！真是嚇出一身冷汗。茹毛飲血，人之不仁也甚矣！既然要飲鹿血，為何帶我們去看牠們，如同探望可愛的寵物？人類的可怕，遠超想像。

翌日的行程中，最使人嘆為觀止的是神農頂上的風景。站在神農頂，渾不覺自己已經身處三千米以上，因為眼前情景，美得不再真切，簡直是一場龐大華麗得連腦袋都盛不住、眼睛都信不過的美夢。此刻，我只想起王羲之《蘭亭序》的話：「是日也，天朗氣清，惠風和暢。仰觀宇宙之大，府察品類之盛，所以遊目騁懷，足以極視聽之娛！」又記起杜甫寫泰山的詩句：「蕩胸生層雲，決眥入歸鳥。」聽說這一天神農架上的天氣特別好，我的長鏡短鏡此刻忙個不停，卻仍得時時讓路給充滿渴望的眼睛——若不看個飽，就太對不起一直小心翼翼地駕車登山的司機大哥了。

神農架的山景由多條山脈組成，因此看起來很有層次，遠山漸漸變成灰藍，朦朧如幻，近處草木清晰，一葉一花都線條分明。最美的是清晨的陽光確能給人「造化鍾神秀，陰陽割昏曉」的心靈享受。

我的攝影技術甚爛，無法表達實景美態的百分之一，我只想說，人人都該經歷一次神農頂的山色，看它起初為重

造化鍾神秀，陰陽割昏曉。

重晨霧所覆蓋，看白雲在山腳千變萬化，漸漸騰升、化開、半透明地繞山而上，然後把更遠的山峰一個一個地釋放到我們充滿期待的視野中。

此時陽光漸趨明亮，峰頂上的感覺又變了，放眼眺望，只見山外有山，天空卻始終如一。遠雲本不遠，因山而

神農架的山景由多條山脈組成。

遠，綠樹本不綠，因山更綠，一切都藉着山色漸變而生出了深度、比例和空間。我們自覺渺小，但無比舒暢，倒不像在城市裏不可或缺的人那樣不安。山上溫度不高，日頭下涼風習習，人也清醒起來。一首聖詩打從心靈深處冉冉上升：「這是天父世界，我們側耳靜聽，宇宙唱歌，四圍響應，星辰作樂同聲。這是天父世界，我心滿有安寧，花草樹木，穹蒼碧海，述說天父奇能！這是天父世界，群鳥歡唱齊鳴，清晨明亮，百花美麗，證明創造精深。這是天父世界，祂愛普及萬千，風吹草聲，知祂經過，隨處能聽祂言……」對啊，就是這種感覺。

神農架這天天氣特別好。

　　神農頂陽剛開闊，金猴溪卻柔美淒艷，使人如入桃
源、樂不思蜀，更讓我想起野村重存（日本著名水彩畫家）
的點畫法水彩——溫柔而透薄的綠光灰影，像從讀者的心
底拉出來的一道絲線，刻下就織成圖像。我一走進溪水旁邊
的通道，就再也不想回到熱鬧的人間了。這是沒有時間的遠
古，石頭上的青苔已有數寸之長，一串一串披在石面上如同
英國田園小仙子的淡湖水色絲巾。絲巾上有時會長出幾串紅
葉，細細地點燃不常來訪的陽光。我最愛的是那些長了玻璃
綠小毛的樹——那是因為苔蘚爬上了樹幹，光線一到，苔
蘚都變成樹幹的金碧滾邊，蛛網樹枝發亮如鎢絲，看得人如
痴如醉。

蛛網樹枝發亮如鎢絲，看得人如痴如醉。

　　沿溪而下，我沒意識到這個地方已經是旅程中最美的風景，幸好我一邊流連，一邊拍照，否則必定後悔。人生苦短，是否有機會再訪此溪，未可逆料。行行止止，忽見一個水潭，上面漂着五顏六色的小東西。走近細看，發現那原來是些不同色調的葉子。抬頭尋找它們的來源，卻只見高樹背光，難辨顏色，惟獨落下的枯葉反射穿透生命的天色，才看得見葉葉各具姿態。它們一生為誰美麗？不為誰仍然美不勝收，這也是創造主的奧秘。

水潭上漂着不同色調的葉子，紅、褐、黃、紫……漂在玻璃黑的微波上，嘆為觀止。

　　我讀過威爾斯詩人托馬斯（R. S. Thomas, 1913－2000）的一首讚美詩，正好用來為此文作結。到過神農架的基督徒，相信都會有這種感覺。感謝天父賜給中國神農這位偉大的醫生，還有國人用來紀念他的神農架。這是我深愛的詩，希望你也喜歡：

〈讚美〉R. S. Thomas

我讚美你，因為
你是藝術家，也是
科學家。我正有點
畏懼你的大能，
怕你手拿三角尺即大行神跡的
那種力量，就聽見你
逕自沉吟一套音符
那是貝多芬一直夢想
卻從未得手的。
你讓雨水和海波
音階流溢，彈奏
清晨和晚霞的亮光
那和絃，用陰晴來
雕塑，春天到臨時，
你一葉接一葉地
把一首巨大詩歌的段落
連合。你能夠說
所有語言卻不說
只用一朵小花的單純
回答我們最複雜的

祈禱，又在我們只圖私利

要將你馴養的時候，

用顯微鏡下種種叛變的病毒

直接和我們對局

二〇一五年十一月十七日

那一片海

　　深夜，人落入體力的深谷，只靠一點模糊的意識茫茫然活着。電視重播多年前的日劇《沙灘小子》，迎面就是一片幾近私產的海：被遺忘的沙灘，牛奶白的陽光，一個不大言語的好朋友，好看的果菜沙拉。午後飛過的蜜蜂在磨翅，小小的氣流抹過少女的劉海……

　　那一片海，找了好多年了，從美國的關島找到馬來西亞的沙巴再找到澳洲的黃金海岸，一直找不到。那些地方有最長最美的沙灘、最幼的沙，用好多金子打造的酒店和紀念品商號，但沒有可以重複咀嚼、來回往復的過去，沒有賣餐蛋麵、酸梅湯和豆腐腦的小店，沒有胖得走不動的老板娘，沒有簡陋易破的薄紙風箏、塑膠飛碟和人字拖鞋，也沒有不用睡覺的自己。那一片海，已經變得太鹹。

　　我們都在找那一片海，甚至站在客廳的落地大窗前定睛尋索。那一片海卻到處避着我們。它躲在參差的屋頂外，躲在填海建成的公路那高高的隔音板外，躲在待業的墩船

外，躲在混亂的貨箱碼頭外……那一片海，趴在視野的一角偷偷喘息，最後成為新的陸地。那一片海，已經走得太遠。

最後，我們都沒法尋回那片海了，於是我們把它的照片貼在電腦的桌面上，讓它充滿自己淺淺的眼睛。這是一片沒有浪也沒有風的海，是一片不可以用腳試探、用手挑撥、用耳朵證實、用往事釋說的海，一點危險都沒有，一點引誘都沒有，卻越發叫我們無從自拔。

二〇〇三年十月二十一日

棘杜鵑

　　第一次注意到棘杜鵑，我呆住了；那時我還只是個小學生。

　　我讀書的學校建在長洲西南面的山腰上，北望可見連島沙洲西面的漁港，南面則盡是高山。只建了四個教室的小校園有一個沙塵滾滾的黃泥操場，以及兩個用孩子的血飼養着萬千雌蚊的小廁所。學校四周馬馬虎虎地用鐵絲網圍起來。不圍住，怕孩子們玩得興起會從山坡滾下去，也怕山路上潛進一個甚麼壞人來拐走小朋友。在長洲女校，甚麼都很小，包括校長的小腳（她以前是纏足的）。惟獨學校北面那層層疊疊的棘杜鵑，卻是強大而浩瀚的，像一次失控的告白，一場流血的革命，一天空燒不完的晚霞。

　　不知是不是花王盧大叔的主意，朝山的鐵絲網給掛上了這樣大幅大幅的紅。除了隆冬，棘杜鵑總在痛快地開花。我跟同學玩得滿頭大汗，頭髮幾乎黏着臉頰的時候，一回頭，那層層疊疊的紅總讓我分心。那不是中國的紅。中國

的紅是混着黃色金色的大媽紅，讓人想起歷朝王族累贅於身的社稷興衰，或奧運選手扛在肩頭的民族榮辱；那也不是西班牙的紅，南歐的紅讓人想起殺牛遊戲的英雄主義或Flamenco舞蹈的華麗霸氣。那是棘杜鵑獨有的嫣紅，稍微染了紫氣，卻深淺有度、適可而止，自豪而不過分、單純卻不幼稚。她的紅壯麗而沉着，活潑卻和平，像玫瑰而比玫瑰堅強，似芍藥而比芍藥輕鬆，類牡丹而比牡丹樸素。周邦彥〈玉樓春〉裏面有「當時相候赤欄橋，今日獨尋黃葉路」句；我總覺得，那「赤欄橋」的欄之所以「赤」，不因為造橋的師傅喜春愛艷，乃因為野生棘杜鵑的紅瓣爬滿了斑駁的橋頭，纍纍地、豐盛地垂進水中。

棘杜鵑的原產地也帶給我許多遐想。法國海軍上將及探險家路易士·安東尼·布幹維爾一七六八年在巴西發現此花，她因而得其本名。她的豐腴明亮，她的一發不可收拾，原來出自中南美洲。阿根廷探戈舞女用她的後彎腰與側回首表達她對舞伴完全的信任，棘杜鵑也如此信任着天空；巴西小孩堅頑的成長，亦與她觸地即興的性格互相呼應；小男孩瘦長而黝黑的腿，於飛行的足球之間掩映起落，趾尖輕盈地逗弄着大地，棘杜鵑的枝葉也一樣彼此摩擦，擦出一個愉快的下午來。

然而棘杜鵑的華麗不來自她的花。細心看，她的花其實很小，直徑只有半公分，而且總是白色的，像微細的白菊

花，也像小型玩具漏斗。使其鮮艷無比的是她的「花被」。「花被」本來只是保護者，卻因為有愛而不自覺，有力而不自驕，這「花被」竟形成了生命中最值得注視的部分，正如保護者的關切充滿了宇宙而鮮為人知。舊約聖經裏《以賽亞書》就這樣形容那要降臨大地的彌賽亞：「他不喧嚷、不揚聲、也不使街上聽見他的聲音。壓傷的蘆葦，他不折斷；將殘的燈火，他不吹滅。」棘杜鵑多少有點基督的強大和救主的溫柔。

逐一細看，她的「花被」也不美，每一張都像粗糙的顏色紙片，因此也有叫她做「紙花」的。「紙」易折、平凡、唾手可得、教人輕看；「如根出於乾地」的基督同樣「無佳形美容」，棘杜鵑「紙花」之名，難道不也呈現了她的謙卑嗎？但這些「紙」似的「花被」一旦聚合起來，卻形成浪奔浪流的驚眼花潮，突破了「紙」的單薄，延展了「花」的風華。所謂僕人，其實正是人間眾多的無翼天使，分佈於車站、店舖與食肆之間，穿着圍裙、制服，或一雙拖鞋，或仍帶着鄉音，讓你活在一種被服侍的氛圍裏。

除了紙花，棘杜鵑的名字還有很多，好像三角梅、九重葛、三葉梅、毛寶巾、簕杜鵑、三角花、葉子花、葉子梅、賀春紅、紅包藤、四季紅、南美紫茉莉等都是。香港人多稱之為「簕杜鵑」。其實，「簕」是一種生於廣東的竹子，與棘杜鵑無關，估計因為這種灌木有刺，如同荊棘，而我們

粵人又叫「刺」做「簕」，因而得名。「棘」杜鵑，或是一種糾正的叫法。此花學名三角梅，她是四川省西昌市，廣東省深圳市、珠海市、惠州市、江門市、羅定市，海南省海口市、三亞市，福建省廈門市、三明市，廣西壯族自治區柳州市、北海市、梧州市和台灣省屏東市的市花；光是重慶就有兩個縣（開縣、雲陽縣）以她為縣花。國外的州、縣、市以她為榮者還有很多，不勝枚舉。

　　平民百姓如此愛她，為她起了這許多可愛而生動的名字，又把她「據為己有」地封為市花縣花，大概因為她確實慷慨從容，一點都不計較、不勢利。無論在只剩下老人的窮鄉僻壤還是名車出入的高尚住宅區，棘杜鵑都一視同仁地盡力綻放。這讓我想起耶穌的話：天父上帝叫「日頭照好人，也照歹人；降雨給義人，也給不義的人。」（《馬太福音》5:45）雨水所到之處，棘杜鵑就忘情地擁抱。她懷中有棄耕老農的頹垣敗瓦，也有達官貴人宅邸院落，更有香港小市民窗外那小小花槽的圍欄。從新界的廢車場到臨海的高價樓，自深水埗到九龍塘，她都追隨着、見證着基督的悲憫和破格。

　　香港著名專欄作家蔡瀾先生也寫過棘杜鵑。他說：「這種花，和普通的杜鵑一樣，有一缺點，那就是不肯凋落，花漸褪色，有點髒相。這再次提醒我們，光輝燦爛的那一刻過後，便要一鞠躬走下舞台；硬站在那裏，不是辦法。」說來

長椅的兩頭

頗有點「自古美人如名將，不許人間見白頭」的浪漫。我覺得自己也是浪漫的，只是看法大大不同；《箴言》說：「強壯乃少年人的榮耀，白髮為老年人的尊榮。」（20：29），此話深得我心。凋謝是大自然的規律，也是萬物皆有局限的現實，急流勇退只是維持美好形象的自衛策略。不，枯萎是得着更大智慧的過程。施洗約翰說：「祂必興旺，我必衰微。」（《約翰福音》3：30）也許棘杜鵑比我們更懂得這話的深意。但願我也能夠有尊嚴地行走這條狹窄細長的衰微之道，從而進入創造者的榮光。

二〇一五年二月四日

大雁塔

在兵馬俑的魅力和霧霾天氣的恐嚇之間，我冒險選擇兵馬俑。西安，不能不到，而且不能只到一次。以文化核心的美名傲視全國，以漢唐古都的地位譽滿全球，再加上絲路起點這充滿獵奇性質的身份，西安的自我定位，恐怕比北京上海還要高。

友人問我，到西安最想看的古蹟是甚麼。我說大雁塔。朋友不解：「那有甚麼好看？不過一個寺廟，加一個樣子呆板的塔。我沒上去。」

大雁塔裏裏外外都是方形的。走到較上面的樓層，就有落地窗戶，讓遊人外望。這些窗子設在一條走廊的盡頭，四面都有。不過，估計當局怕生意外，窗戶都鑲上了玻璃，而且每個窗子前，總見一個人拿了椅子坐在那兒守着，沒有人走得進去憑欄遠眺，我們無法像唐人那樣眯起眼睛說那邊就是終南山，那條河就是渭水等等的話。守住四邊窗子欄杆的人，有老有少。一位是阿叔，一副已經看破紅塵、卻又無

法不繼續「搵食」的樣子，魂飄象外，以無感對待遊人的引頸張望。另一個是妙齡少女，交腿而坐，俯身向前，支頤外望，彷彿要消滅自己的存在。另一男子則佔着位置拿工資打手機。手機亮亮的，在光線不強的塔裏產生一種古今的對抗。善信看不到玄奘的舍利，孩子找不到好玩的東西，風騷女子卻佔着窄窄的梯道擺鋪士，男朋友勉為其難地舉起手機吸收了那個 V 字手勢。大雁塔，不過如此。

　　然而，我仍在尋找盛唐裏的某一天。時為公元七五二年，即玄奘建塔（公元 652 年）之後一百年。這幾個人是高適、薛據、儲光羲還有我非常欽佩的邊塞詩人岑參；當然，最重要的是杜甫──這還不夠讓我着迷嗎？幾位一流詩人走在一起，一定十分高興，同時會手癢癢的暗自較勁。當時，他們都為同登此塔留下了作品。大雁塔的建築形式類似印度佛寺，如今樓高七層，不夠六十五米，以前曾經高一點，這一個是重建的。但在眾詩人筆下，它卻是摩天建築。當午的長安又有幾個這樣高的建築呢？杜甫寫塔的高度，不算誇張，讀起來覺得他也太老實了：「高標跨蒼穹，烈風無時休，……七星在北戶，河漢星西流……」（〈同諸公登慈恩寺塔〉）我往上走，到了三四樓時，就感覺到「烈風」從四邊落地窗的縫隙奪路而入，風力強勁。我估計諸位詩人登塔之時是白天，寫星空的二句只屬想像。但說到想像力，我更欣賞岑參的誇張：

塔勢如湧出，孤高聳天宮。

登臨出世界，蹬道盤虛空。

突兀壓神州，崢嶸如鬼工。

四角礙白日，七層摩蒼穹。

下窺指高鳥，俯聽聞驚風⋯⋯

——〈與高適薛據登慈恩寺浮圖〉

因為讀過這些大詩人的作品，總覺得大雁塔光芒四射。可惜我從地面一直走到頂樓，金睛火眼、步步為營，在牆壁上找尋諸位詩人的介紹或說明，卻一點沒看見。西安市政府一直說大唐的影響力不在武功（相對於漢武帝的時代），而在文化，這是對的——但將大雁塔列為 AAAAA 級景點的中國，卻不把岑參、杜甫當作一回事，太令人失望。

回到地面，我說：沒有我想看的。導遊說：早跟你說過了。心中大概正要暗笑我白白花了三十大元（人民幣）。行程繼續。不意到了吐魯番，小小的地下展覽館內竟然有一個岑參的塑像，又詳細介紹了他的資料。那小展覽的總稱叫做「重要人物」，當年發配邊疆的英雄林則徐也在呢！我給深深感動了。

回頭再看，西安那麼輝煌，就容不下幾個詩人？難怪大雁塔毫無靈氣。細心看，原來它早就向着商場那邊偷偷傾斜了。

二〇一四年九月十四日

秦俑的手勢

　　我站在最大的墓坑前，看一片日色極其緩慢地抹過幾排秦俑的身體。他們的髮髻、前額、臉面和衣服，正給極淺的藍光細緻地撫摸着，他們的眼睛非常溫柔，目光超然物外，無生無死；遠方好像很遠，卻就掛在眼底。他們似乎並不知道自己兩千年前之所以受造，目的是保護那個保護不來的死人。他們手上的兵器早就化灰、丟落，手指卻仍曲起，形成一個又一個小圓圈，裏面是空的。那些都不像戰士的手，反像身負秘密任務的使者用相同的手勢傳遞着的神秘信號。

　　遊人說，怎麼會讓陽光射進來啊？那麼秦俑不是很容易給曬壞嗎？或許我也曾這樣想。但連死亡都無法威脅的秦俑，還害怕甚麼呢？正慢慢變成粉末的他還有甚麼可以失去呢？雖然那些巧手的藝術家曾經因為雕出了魚絲似的細髮而興奮，雖然那些講解員清亮的普通話把我們對西安的敬意提升到高峰，可惜二千年的鴻溝擋住了及時的欣賞。到我們終

於乘着飛機火車趕來了，藝術家已經聽不到大家的驚嘆了。我們常說，藝術家總能靠他的藝術永恆地活着，好像這就是對他最大的敬意了。其實，大家只是在説，藝術家作品沒得到當代人的了解和賞識是正常的。

對始皇來説，秦俑的保護同樣來得太遲。到了陰間，原來還要打仗麼？我們取笑始皇的自我與愚昧，始皇卻譏諷我們毫無大志。君不見紮作店外，家人哭着給亡魂燃燒紙大屋、紙電腦、紙挨風，紙麻將和紙菲傭？始皇好戰，於是有了戰士；今人好玩，於是有了玩具，好像秦俑和享樂都能解決懼怕的問題。説穿了，人類的恐懼也還不太複雜：有人怕輸、有人怕悶，人人都怕死，只此而已。

成語「始作俑者，其無後乎」（《孟子‧梁惠王》説那是孔子説的）有兩種解釋。第一種是「開始做俑來殉葬的人會斷子絕孫」，意謂即使用那造成人樣子的「俑」來殉葬也是不仁的，連想一想都太殘忍了；另一種解釋則剛好相反，意思是開始想到用「俑」來代替殉葬的真人，實在太聰明了 —— 在那種程度的文明裏，他還救了許多人的性命呢 —— 這樣的好人，又怎會沒有後代呢？兩種想法各有理據，我自己則偏好第一種。但這不是理性的學術傾向，而是因為我想到了耶穌的教導：人的惡念一動，就成了罪；幸好那還不是罪行。上帝審判人，以其罪行為據。但是我們必須對與生俱來的罪性有深刻的認識，才能靠着基督拒絕罪行的

轄制。無論孔子孟子怎麼想，俑的存在確實指向人性中必然的罪性和對罪的自覺。

假如秦俑有知，聽着始皇肉體腐爛的微細聲音，聞着那種不散的惡臭，更感知人類一個一個落入或大或小的泥坑裏，他自己卻總不能死，也總不能真正地活，不曉得他會有甚麼感想。歲月悠悠、日出日落、物換星移，無論人生多麼短暫，用來標誌真生命的光影總是美不勝收的，看着就充滿敬畏。但秦俑站在無垠的大黑暗中，他的時間全無刻度；他的眼睛徒然張着，也徒然有着人類的樣子，無法讓愛美的同伴羨慕或嫉妒。頭頂上，人世的興衰重複又重複，最後總以錘子鑿子鏟子敲打大地的聲音作結。如果他真的有知，恐怕他只能如此經歷着被迫無知的地獄。幸好他並不真有洞見或感覺，他只是那短暫卻具備大智慧的藝術家留下來的暗號。陽光之下，失掉兵器、形成空空小圈兒的手似乎要告訴二千多年後略為長壽一點的人，有些東西無論怎樣抓都抓不牢。至於那是甚麼，我們還是得好好思考、好好接收和好好保存，然後悉數轉達。

二〇一五年一月二日

秋雨入瑤

　　秋雨連綿，我用手掌護住照相機的鏡頭，看着腳尖一
步一步地在石階上走。所謂石階，確是完整石頭搭建的石
階，但如今面層鋪上了水泥，不倫不類。我已分不出這是保
護還是破壞，只曉得自己的爬山鞋防水性能尚好。我可不要
在這裏滑倒。

　　這一天，我們在瑤寨中既攀山、亦涉水。煙雲處處的
千年古屋錯落有致，每家每戶都有精緻的簷角，古牆深灰微
褐，浮水印似的任性隨意，對照着斑剝磚牆有序的破爛，真
是美不勝收。這兒的每一間房子都舉起了一片宋明的風景。
千年建築大小不一、高低各異，是以家家能採光、戶戶得風
涼；中國畫畫不出其遠近層次，西洋畫寫不出那水墨風情。
徽派建築黑白分明，福建土樓黃褐相疊，但瑤寨卻是黑中有
白、灰裏帶棕，輪廓像滾了邊兒似的，一張張盡是照眼的立
體孩子畫，讓人感動。把華人喜歡的大紅大黃和大綠留給世
界各地的唐人街吧，這裏的建築師對此避之則吉，因而得到

瑤寨建築有一種樸素的華麗。

一種樸素的華麗。這才是中國。

　　忽然，一匹小馬從下面奔到山上來，遇上我們這一大
串遊客，戛然止步。一匹馬和數十人在狹窄的梯道間對峙，
雙方都很不安。小馬看起來尚未完全長成，黑褐毛色，全身
都濕透了。牠恐慌了。我們手中的雨傘和照相機，在牠眼中
盡都是武器。

　　遊人也慌了。一個年輕男子馬上伸出手來護住女朋
友，中年夫婦一同退後。我也打橫走到瑤寨的巷子去，希望
繞過牠往前走。小馬很焦躁，渾身胡亂抖動，水珠兒從牠身
上不斷滑落。終於，我隔着一段距離輕輕打牠身邊走過，但
牠的自保意識看來頗高，而我和牠的距離也實在不知是否夠

小馬站着不動，拉也不走。

遠。後面一位男士叫起來：提防牠起飛腳呀！本來我一點都不怕，卻給他的叫聲嚇了一跳，其警告中的許多暗示更使我毛骨悚然。

　　一位瑤族男子早就趕上來了，他不斷和小馬說着我們聽不懂的話，可能就是牠主人。小馬倔強，不聽。他不斷重複號令，馬兒只站在那裏不動，拉也不走。到我們那邊的人說牠必「起飛腳」的當兒，瑤族男人發脾氣了。他叫道：「甚麼起飛腳呀？牠不知多馴良啊！」說的竟然是廣東話。言下之意，是來勢洶洶心存歪念的是你們這些遊客；他話裏的憤怒我聽得見，也看得見，因為那時我幾乎已經走到他旁邊了。他年紀不輕，卻很壯實，從衣服看，人似乎已經搬到山下，但固執戀家的小馬還是要往上走，可能瑤寨正是牠出

生、成長的地方。這麼說，擋路的不是牠，是我們呢。天雨不斷，一滴一滴擊打着牠儲存記憶的小腦袋，落在牠美麗的睫毛和鬃毛上，成為一種因忽經浸泡發大而變得沉重的負擔，牠按捺不住，硬要往上行；來了，卻看到一大串生物，個個舉着圓形的彩色大盾和黑色的槍砲，看來馬上要開戰了——因為我們的傘都張開，鏡頭無不對準牠。也許牠的基因裏記錄着牠從未親歷的可怕史實，而在人類的戰爭之中，無辜流血慘死的也總有馬。垂着的頭，垂着的眼睛和牠別過去的臉，讓牠的蕭蕭鳴叫一半壓抑於喉頭，一半飄散於雨中，聲音很淒涼；我感到牠正被列祖的記憶所折磨。盛世的馬是最懷才不遇的，不是嗎？主人趕上來安撫牠、拉住他，讓一整隊舉盾豎砲的軍隊繞道而過。我走在最前頭，心情卻一直給牠那充滿了水珠的大眼睛牽制着。

開頭走上瑤寨，已發現此處少有民居，因為年輕一代都搬到山下去了。最接近的連南並非大城——但連南的電視廣告洩漏了自己的秘密：它説本地現在已經開了服裝公司，市民購物不必前往連州去了，可見她只是連州這個縣級市的附屬，而連州也只是清遠這地級市的小鄰；但連南總比瑤寨先進，起碼水電網絡無一不備。誰還要留在這個四星級國家旅遊景點、穿着那些沉重累贅的傳統服飾矯情地大唱山歌呢？恐怕只有吃旅遊飯的才肯日間歸來打工，以滿足旅人的張望。看，此刻，幾乎每家每戶都派出一個人來站在門

口，作為古代百姓和當今遊客的交接點。獵奇的眼睛帶來了對方的生活，但生活的眼睛卻對遊客再無任何好奇了，在人民之間流動至快的，當然是人民幣。但我知道，小馬餓的時候，只知道要吃草。我餓的時候要吃肉，我不餓的時候仍想着要去吃這種那種好味的東西。也許，這就是人類和動物的基本分別了。

小馬堅持往上行，而我們已經開始下坡了。牠和我們仍在瑤寨的房子之間穿插，各自歸家，只是方向不一樣而已。

二〇一五年十一月十七日

第五輯：長椅的兩頭

故舊

　　幾份紙媒黯然下台，大家緊張了，都說網媒來勢洶洶；以後，我們或者再也看不到可以翻來揭去的雜誌了。

　　鉛筆、鋼筆、原子筆，啊，還有說不出名堂的種種筆開始盛行的時候，也有不少人說毛筆命不久矣，必定只能躲在博物館裏讓人嘖嘖稱奇地參觀；魯迅小小的毛筆字，卡在新文學和舊時代之間，可能已經是最後一批用香墨寫成的一流作品了。電視開始普及之際，大家都認為收音機必定消失得無影無蹤，到互聯網像鉛水一樣滲進每一個人的血管裏，大家又認為電視已經行將就木……舊事物其實不十分舊，就給淘汰；新事物看來總十分新，其實也等着給淘汰。

　　但無論「新」的巨浪如何像海嘯襲來，有些舊事仍屹立如山，兩者相接，帶來一場又一場白色的爆炸。浪花是水，卻只有遇上最頑強的陸地才騰得夠高、綻得痛快、開得透徹。當簡體字用十三億人的筆尖向下壓，寫繁體的三千萬還是用複雜的筆畫扛起文化和歷史的天空；當普通話隨着強

大的政權往南遷移，勢孤力弱的廣州話卻選擇用鏗鏘的九聲繼續歌唱。從許冠傑到李克勤，從梅艷芳到王菀之，從張學友到陳奕迅和堅持着的許志安，語言和音調緊緊扣連的歌聲總是逆流而上，風靡整個中華大地，像鮭魚穿越洶湧而來的大水，上溯深植於潛意識裏的出生地。

然後我們發現，毛筆仍一支一支地誕生，書本還是一冊一冊在印刷，電視仍一部比一部高清，收音機的聽眾耳朵越來越靈敏。人數少了，卻更專注；人數少了，卻更專業。

有人說，哈，現在還有人創作文學嗎？世界經常如此提問。當然有，所有的大學都如此回答，用一代又一代學者和學生；社會也這樣回答，用一代又一代的詩人和小說家。當然，讀文學的大學生高速流失，搞創作的文學家容易氣餒，但最後總有堅持到底的，一直讀書，一直創作，直到他們的意識和固執都存留在心血糾纏的書頁上，為繼來的「未失之民」打氣。沒有市場的東西，從來都沒有。只要有市場的東西不來干擾，他們就是自己的市場，像小孩子搞家家酒，拿幾片樹葉放在小膠鑊上當菜炒，也炒得比一流酒店的大廚認真。人以為他在玩，他知道他在活。我強調的是認真，是生活。至於哪一種比較能賣錢，倒非主題了。

文學像繁體字，愛她的人不嫌她複雜；文學像毛筆，愛她的人不嫌她難學；文學像收音機，愛她的人喜歡她沒有可看的畫面而得以保留想像的空間；文學像廣州話，愛她的人

本來就是在歌唱；文學像一切的舊事物，一直被嘲笑、被輕看、被驅趕到最後的角落，但愛她的人永遠守住那個角落，不肯離開。

到一切的新潮都變成舊物，一切的舊物都給人遺忘，文學和她的守護者必定仍在。像王爾德筆下那憂鬱巨人的花園中那一小角春天，他們為人類保留回溯的小徑、提供堅持的方向和成長的可能。

紮花燈的老伯伯會過去，花燈不會，中秋更不會。文學人讀杜甫；最潮的網民有一天老去了，人生的真相越來越清楚、死亡的威脅越逼越接近，他們在網上讀到且為之怦然心動的，原來還是杜甫。他説：訪舊半為鬼，驚呼熱中腸。到時就明白了——人為甚麼要訪舊？因為他也是別人的舊友，某某的故人。

紙媒漸遠，網媒登基；但好的文學依然會繼續面世，無論在平面的紙張之上還是在立體的智能電話裏，只要那一點感動人心的東西仍在就好。

二〇一五年八月十二日

寫字 ——
謹以此文獻給敬愛的母親和國堅老師

　　小時候，母親教我用毛筆。那時我已經五六歲了。她對我說，寫中文字，起筆、轉彎和收筆之時都應用力。她還告訴我，寫楷書，要臨摹歐陽詢。那時我怎麼懂得歐陽詢是誰？但這話我一直沒忘記。不久我離開母親來到香港的長洲生活，自此就少有機會受教於她了。

　　其時小學生均懂得用毛筆，作文、謄抄、默書、尺牘等課業，都用毛筆書寫，是以當時的孩子人人都有一手不錯的小楷。我們每天回家，尚要「寫大字」，就是拿九宮格紙放在字帖上，印着書寫。我們還有九宮格本子，每一頁都有兩面，中間是空的，可以把裁好的字帖放進去，用完了又拉出來。日子有功，我們這一代人的書法一點不差。

　　天父眷顧我，我在長洲規模最小的學校遇上了島上至為出色的教育工作者——陳國堅老師。國堅老師教數學和體育，但他是書法家。他的師傅就是香港大名鼎鼎的區建公先生。區大師的書法，如今仍可以在街頭的牌匾上看到，只是

所餘不多了。估計因為陳老師的推介，我們小學用區建公的字帖（當時更流行的是另一位），他和老師對我的中文書法影響甚大。

中學是把小孩子的書法弄壞的地方。此話怎說？第一，孩子不再須要練字了，因為一般老師都沒有要求。現在的中學，沒有多少讓孩子用毛筆的。第二，考試的設計不好，許多閱卷員竟然視長篇大論的回答為最佳答案，孩子遂習慣趕急書寫，天天如此「練習」，書法不變差才怪。其實答題時用詞精練準確、文章清爽簡潔為好。「字海戰術」只會把菁英都變作庸才，把潛在的書法家都殺死。

拿了原子筆之後，我的毛筆也不知所終了。記得小時候每天都帶着墨盒上學。墨盒就是一個撐蓋子的小黑盒，內放絲棉一片，用墨汁浸透，合上放在書包裏，隨時打開就寫。其時墨盒總要漏墨，染得我們其他的作業本黑斑處處，身為學生，自然要給老師責備，我們恨它，何其自然。墨盒的難搞，除了漏墨，就是會變臭。男孩子常忘記加墨，水源不足時自行向它吐口水，久而久之，它就變得臭氣熏天了。每次上課全班一起打開墨盒之時，道行不夠的老師幾乎要即時暈倒。我們卻是身經百戰的納臭高手，因為晚上經常練習適應，應付裕如。很久以後我才知道，要防臭其實必須殺菌。父親說，加兩滴火酒就好。可惜那時我已經不再需要用墨盒了。案頭有走珠筆、水筆、科學毛筆和各種原子筆。毛

筆和墨早就遠去了，那個能夠打開又關閉、呼之則來、揮之則去的幽深天地，不知在哪一次合起來之後就失蹤了。

我在浸大教學三十年，臨近退休時的一個暑假，學校讓我開辦無學分選修科，我想起了孩子們的書法，就說辦硬筆書法班吧。反應很不錯。這下子我又慌了。我的字寫得太爛啦。但回頭想想，幫助今天的大部分大學生應該還是可以的，於是真的開班了。其實，書法有好些基本理論，猶如數學有九因歌。我用那些理論來配合他們的實踐，孩子們竟也學得很快。廣東人說有人屬「膽粗粗」一類，看來我就是這種人。

第一課，我想出一個辦法來：同學要到校園裏找兩組人為他們寫些字。

這兩組人，一組得是五十歲以上的，另一組則必須未夠三十。每組大概找三四人，然後同學要請他們各自寫下十來個中文字，寫甚麼都可以。

他們找到了誰？不難想像，年輕的一組全是大學生。他們的硬筆書法十分難看：字太小而向內收縮，筆畫糾纏不清，部分沒寫或錯寫（如把畫寫成了剔），字體佈局毫無原則，而且驚人地相似。

因為已經暑假了，在校老師不多。大家都找到了保安員、飯堂服務生和幫忙清潔的嬸嬸。結果呢？書法班的同學都給嚇呆了。這些勞動階層的叔叔阿姨，全都寫得一手好書

法：字寬大而有力，筆畫也很清楚，部分人還默寫了整整一首詩呢！

是次活動之後，同學都大大謙卑下來，人人認真練習。我教學的方向只有兩個。第一，如何用力，先把筆畫寫好。第二，如何佈局。開始教，才發現同學原來真的不會寫筆畫。例如他們不知道「撇」和「捺」是「尖尾巴」的，而「撇」和「捺」在「放尖」之前的用力方法不同。有同學甚至以為「捺」只是向右「撇」。他們也不全部知道「橫」不能用「尖尾巴」，否則就會變成剔了。

至於佈局，同學對於「取斜勢」或「間架」等基本理論聞所未聞，於是我又可以扮作專家了。我讓他們學習清末民初的書法老師黃自元的《間架結構九十二法》，大家驚覺原來書法也是「可學的」。課程苦短，我們尚未脫離硬筆階段就結束了，同學們心滿意足，我則滿頭大汗。要回到當日人人能書的地步，前路茫茫啊。

這段日子，年輕人努力保育郊野公園和歷史建築，這些確是應該保育的硬件。但是，他們的中文（歐化而充滿錯別字）呢？大家的書法（真的像一堆墨盒絲棉）呢？中華文化、文學（古文一句不識）呢？但願高叫保育口號的人知道他們須要保護的實在不止眼睛能見的東西。

退休後重拾毛筆和香墨，天天書寫，其樂無窮。我的字不漂亮，但我的毛筆重新屬於我，我的宣紙也一樣，這就

很好了。打開杜甫陶潛周邦彥，一個美不勝收的天地就展現在眼前。感謝媽媽，感謝國堅老師，你們讓我愛上小楷和大字；感謝天父，你讓我成為中國人。

二〇一五年十一月十七日

散文寫作與理髮

在繁茂而雜亂的生活裏，散文寫作扮演一個理髮師的角色，他把生活細節納入條理，梳整出前後左右的面貌，同一而相異，整合也分離，剪去一些，也保留一些。留下來的，有時一眼就看得一清二楚（每天早上照鏡子你都看見那副尊容），有時卻須要拿兩個鏡子對着來看（比如後腦勺那非常陌生的模樣），才勉強掌握某個角度的小片真相；有時你看了覺得熟悉、自然、舒服（可惜你就只看得見這麼多），有時你很不習慣（原來人人都看得見你的側臉，你卻覺得它非常陌生）。

小孩有小孩該有的髮型（但那些小頭顱搖來搖去，理起髮來可真不容易），學生裝也有許多要求（少年人都喜歡時髦，卻也須要守校規），成人的樣子比較複雜多變，但所有理髮師都知道，人的髮質和頭形幾乎主宰一切，同一個人的髮型實在變不出甚麼來——除非那個頭顱願意把林林總總的假髮套在上面。

剪刀微小的金屬聲滑過耳朵，髮絲飄落成為垃圾。我們永遠地整潔，沒法想像那一大堆垃圾原來是從自己的頭上生長出來的，只有理髮師知道這個事實。散文寫作總比其他文類的創作遺下更多的屑碎。如果剪好了頭髮不先去沖沖水才吹乾，垃圾就留在頭上。

　　為了形象——所有來做頭髮的，目的都一樣。理髮師從不露臉，卻也總要堅持自己的看法。來理髮的人若不滿意，早就換了理髮店；若留下了，理髮師最後就和他結合在一起，誰指導誰，誰知道？髮型屬於誰？說不清。人到底是髮型的支架、還是它服務的核心，也說不清。寫散文的人總以為自己是他文字的主人，但主人的主人也許另有其人。散文家把自己的作品放下一陣子再拿起來讀，若不感到陌生和吃驚，他就無法和更深層的自己交朋友了。

　　年歲漸長，散文家偶然看見自己的舊照片，總會嘆道：「我那時的髮型真老套。」要麼就會說：「看，那時的我好年輕啊！」也許成熟的程序就是不停地理髮，在生長和修剪之間尋找個人的容貌——自己看見九十度，別人看見三百六十度，上帝看見全部。

　　　　　　　　　　　　　　　　二〇〇五年一月二十五日

大哉此福

　　到書店閒逛，隨手撿起一本書。這書可能很好看，買不買呢？稍微想想，腦海出現三個不買的理由。第一，家裏書架不夠，我也不要滿屋子都堆滿黃黴素。第二，買了回家的書一般都看不完，甚至還沒看就忘記了。第三，家裏好看的書、待看的書、必須看的書可多着呢。人生苦短，這一本真的如此重要、重要得必須擁有嗎？是的，人生苦短，要讀書，只能讀經典。結論是不買。結果呢？結果還是買了。

　　買書有三好，好在愛上了它之後不用拿去還給誰。我丟失圖書館的書好幾次（帶着上茶樓，乘地鐵最方便丟書，借來借給人更笨），賠款賠到心驚肉跳之後決定從此只看買的書。第一，買了可以經常捧着它，隨時翻看、重看、細心地看，可謂眼到心到感情到。第二，我可以表演我的包書技術，或在旁邊貼上標籤小旗子，把它變成自己的手作事業，教它讓人認得之餘又帶着我的標記，放在身旁使我甚是優越歡喜。第三，我可以在上面做筆記，蓋印章，寫名字，報日

期，還可以胡亂畫上自己喜歡的東西。學生借書歸還者（說來這樣的人不多）認為最好看的還是我的筆記。

但買書也有不好。買書不同讀書。讀書是合法偷聽別人的悄悄話，輕鬆取得別人花畢生精力研究出來的心得，吸星大法般吸收別人給你總結好的知識。余光中老師說，讀書讀得最深入的方法是將那本書翻譯一次。我試過了，雖然幾個月才「讀」得完一本書，讀後確實功力大進。買書，同樣以擁有為目的，但擁有的只能是書的軀殼——可是，把它用血汗金錢換到自己手裏的時候，我竟然也有強烈錯覺：就是我已經讀了它、懂了它，因為買的過程無疑提供了這樣的可能，甚至閱讀的激情。但這種激情很快就會被其他需要取代。「明天再讀吧，今天趕稿，累死了」的現實和藉口，很快就把書推到書桌的邊緣，最後它沒趣地自己爬上了書架，與灰塵為伴，從此落入「白頭宮女在，閒坐說玄宗」的淒涼境況，在直接或間接來訪的紫外光中漸次褪色。我的書架，不知成了多少靈魂的牢獄。最好笑的是，到頭來瘦小的書脊和所謂的讀書人竟也能怡然相對，書認命，人認輸，匆匆就是十年八載。

反過來看，即使我把書全讀了，且自問全讀懂了，人也成為專家了，這又如何？莊子的「吾生也有涯，而知也無涯。以有涯隨無涯，殆已」可不是讀第一本書時就能覺悟的真理。他得道之日，說不定為時已晚。但不讀書的人，根本

就無法感受到這話裏的深層嘆息，就是顏如玉和黃金屋一類的低層次回報也無法得到。

讀書固然好，深入閱讀的好處更多（培根短文〈談讀書〉對此言之甚詳），但也有危險。每一次細細地吸收一本書，尤其是好書，我們都會經歷心靈上的微細改變。換句話說，真正觸動我們的書，都在偷偷調整我們的價值觀，甚至公然改變我們的人生。年輕的時候，這種情況尤為顯著。一個對知識文化情竇初開的孩子，遇上思維高手或文字魔術師，靈心神魂不給他整個取去才奇怪。啟蒙之年，腳步搖晃，選甚麼書來看，實為成長之關鍵；反之，人長大了，老成了，「不肯」看甚麼書，更值得注意。友人說，三十歲前他碰見甚麼書都看，三十歲後偏見形成了，他只讀和自己「啱 key」的作品。定型，不光是一種理論，可怕的是再高的自省能力也不一定能帶來充分的回轉，人心的流動和思想的再生力一旦完了就完了。在這兩難之中，救了我的是兩句話。它們都來自舊約聖經《箴言》一書。《箴言》一章七節說：「敬畏耶和華是知識的開端；愚妄人藐視智慧和訓誨」。另一句來自同一書的九章十節：「敬畏耶和華是智慧的開端；認識至聖者便是聰明。」吾生有涯，知識無限，智慧比知識更偉大，如果沒有永恆的指望，沒有讓我永遠追尋的終極意義，所謂讀書明理，豈不荒謬？

能夠成為真真正正的、有智慧的讀書人，確是大福。

二〇一二年十二月十一日

大師談讀書

　　梁實秋的〈書〉，一般中學生都讀過。香港大學中文學院榮譽教授陳志誠老師在〈學者散文的典範——談梁實秋先生的《書》〉一文中對這篇文章有極高的評價：「梁實秋先生……是個學貫中西，通古達今的大學問家，以這樣一個泛覽博觀、知識豐富的學者來談書論籍，自然游刃有餘，而〈書〉一文寫來儒雅簡潔、親切易讀之餘，亦令人深深感受到梁氏的風範和意趣。其學問的博大精深，的確使人難以跂及！」〈書〉固然寫得好，但另有兩篇談及讀書的作品，給我的觸動和教導更深；一篇是培根的〈談讀書〉，另一篇是叔本華的〈讀書與書籍〉。

　　培根（Francis Bacon，英國哲學家，1561－1626）的〈談讀書〉收入北大王佐良教授編譯的《並非舞文弄墨》（香港：牛津大學出版社，1993），是對讀書這回事的鳥瞰圖。王教授用古意盎然的中文譯出，語調盡得培根中古英語之神髓。人說培根只須提出論點，就足以震懾人心，不需論據，

可見他才智之高。他開門見山地指出讀書之必要:「讀書足以怡情,足以傅彩,足以長才。其怡情也,最見於獨處幽居時;其傅彩也,最見於高談闊論之中;其長才也,最見於處世判事之際。」三言兩語,就把不同心態的讀書人都網羅其中。無論你是內向自足的修行者,是掌握所有機會來發表的社交人,還是須要在社會上擔當某種角色、積極謀生的職場眾生——你總不能不讀書。培根起筆力度之大,使人吃驚。繼而他談到讀書不能「死讀」,否則徒勞無功:「讀書補天然之不足,經驗又補讀書之不足,蓋天生才幹猶如自然花草,讀書然後知如何修剪接移;而書中所示,如不以經驗範之,則又大而無當。」「範」是動詞,規範也,有約束的意思,指的是我們必須用經驗來檢測所讀之書的內容。

好了,我們現在都來讀書了,但讀時該怎樣做?我們應拿甚麼書來讀?培根的提示很具體,也很實用:「討論使人機智,筆記使人準確。因此不常作筆記者須記憶特強,不常討論者須天資聰穎,不常讀書者須欺世有術,始能無知而顯有知。讀史使人明智,讀詩使人靈秀,數學使人周密,科學使人深刻,倫理學使人莊重,邏輯修辭之學使人善辯;凡有所學,皆成性格。」原來,書讀了會忘記,因此有兩事必做:一,與人討論;二,做筆記。這些都是深化我們所學的方法。讀哪些書?那就得看個人的需要了。培根的教導,精確無誤且鉅細無遺,對我的幫助很大。

但書本絕不是神物，更不是上帝，不宜對之屈膝膜拜。因此，培根也沒忘記指出，「……明智之士用讀書……用書之智不在書中，而在書外。」這種看法，和叔本華（Arthur Schopenhauer，德國哲學家，1788－1860）的論點不謀而合。在〈讀書和書籍〉（陳曉南翻譯《叔本華論文集》，台北：志文出版社，1994）裏，他直接指出「我們讀書時，是別人在代替我們思想。」他認為人讀書之時若缺乏批判思考，就只是孩子寫 copybook 一般的「依樣畫葫蘆」，白讀了。這樣的話，「讀書越多，……他的思維能力必將漸次喪失，此猶如時常騎馬的人步行能力必定較差。」叔本華要求之高，可見一斑。初看此段，猶如當頭棒喝。我們天天勸告新一代多閱讀，好像只要讀點書，一切就都好了；原來這只是開始。不讀書不行，但讀了書就一定具有高度智慧了？別做夢了。許多學歷極高的人看來像個大呆瓜，皆因為讀書讀壞了腦袋。用叔本華的邏輯，我們今天的年輕人更慘，因為「他們上網時，是網絡在代替他們思想……他的思考能力必將漸次喪失。」

好些人主張後輩甚麼書都要讀，説他們以前一旦看見文字就吞下去，量夠大就好。可是，假如要像培根那樣精讀書本，且要討論和做筆記，這就行不通了。時間那麼少，甚麼都讀實在很不划算；叔本華遂向閱讀的人提出幾個要點。第一：決不濫讀；第二：要讀原著，第三：讀到精彩的書，

馬上重讀。

　是的，人生苦短，決不濫讀！叔本華說：「平凡的人，好像都是一個模型鑄成的，太類似了！他們在同時期所發生的思想幾乎完全一樣，他們的意見也是那麼庸俗。他們寧願讓大思想家的名著擺在書架上，但那些平庸文人所寫的毫無價值的書，只要是新出版的，便爭先恐後的閱讀。太愚蠢了！」不選而讀，實在太浪費人生。

　讀原著也十分重要。叔本華說他童年時讀到德國作家施勒格爾的話，茅塞頓開、奉為圭臬：「你要常讀古書，讀古人的原著：今人論述他們的話，沒有多大意義。」此話足以令經濟尚好的人提早退休，騰出時間來讀古書，先讀聖經，再讀論語；讀杜甫韓愈沒有甚麼及不上光讀翻譯錯誤的新詩。

　叔本華時代沒有電腦，不能 bookmark 甚麼網頁。但是，他也不要單靠書籤幫他貯存甚麼，反要動用自己的腦袋來積蓄學問。我們一向覺得他是個天才，記憶力特強，原來，和培根一樣，他也很努力。他說：「任何重要的書都要立即再讀一遍。」他尚且如此，善忘如我們，又怎能不這樣做呢？

　讀書，畢竟是要用勁的。誰不這麼想，誰就注定一生只讀得懂那本叫做面書的爛書了。

二〇一三年八月

讀書人種種 ——
書展月聯想

　　教育單位愛找我去「講」閱讀。每次看見台下的學生半閉着眼睛，我就感到愧疚。我是去「推廣」閱讀的，但我知道，我不但沒有推之廣之，反使學生看見我面有難色。說實話，誰敢理直氣壯地說自己是個讀書人？

第一種讀書人：歡喜快樂的小不點

　　幾十年來，我觀察到一個現象。小小年紀就大量閱讀（小學時把至少一百萬字吞進肚子裏）的孩子，有一種他人無法追上的大優勢——他的語感必然非常好，即使不懂文法，寫作時也不會於複雜的句子上失手。小小的他，學習、吸收從來不是自覺的，也不必使上甚麼勁兒，一書在手，只覺快活不知時日過。小板凳上，馬桶上，牀鋪上，公車上，茶餐廳卡位阿爸的身邊，飲宴時阿媽的麻將檯對面，他都書不離手，否則會悶死。哪怕包油條的一角報紙，裹花生的一

頁雜誌，他都甘之如飴。即使讀的只是《老夫子》，他起碼也學會了非常好用的成語「耐人尋味」。

孩子沉迷閱讀，為的是娛樂。「惟有讀書高」的觀念小朋友才不管，最重要的是那本書引人入勝。所以，小學課文寫得沉悶，真是一大迷思，甚至是罪惡。當教材裏的人物全是穿時裝的古人、觀點全屬明清，而手機裏的遊戲卻一步一步地歌頌你聰明敏捷，用虛擬的讚美不斷向你提供真實的成功感，孩子自然選擇後者。

小時讀書，精力充沛，因為不得上街，而且早睡早起；既沒有公開試，也沒有面書要看，《安徒生童話》自然就是最接近的有趣東西。閱讀就這樣開始了。然而，今天的孩子不再早睡了，因為他還沒有練琴；不再安心了，因為他明天還要背默。然後，把玩着平板電腦的大人紛紛出聲指摘他們不讀課外書。孩子垂着頭，不敢痛恨媽媽和老師，只好痛恨閱讀。

第二種讀書人：情竇初開的少年人

許多剛進大學的年輕人，或遇上愛讀書的朋輩，或碰到有魅力的老師，或讀到讓人大開眼界的作品，會「忽然」成了讀書人，「插隊」取得尊貴的讀書人身份。這時候，他享受的是作者帶來的新視野、新觀點、新知識和更深刻的感

情。可惜此時閱讀的樂趣不再全在閱讀的過程中。他甚至得忍受些許沉悶。但能夠和朋友高談闊論，和教授深入研討，補足了他的喜樂。英國哲學家培根在他的短文〈談讀書〉說：「讀書足以怡情，足以傅彩，足以長才。」他領略到「怡情」帶來的成長，「傅彩」帶來的光榮以及「長才」帶來的良好感覺。我們說，他開竅了。

可惜，大學裏這樣的年輕人畢竟很少，到他們開始工作，更不會剩下幾個。大部分人的藏書只一本「面書」。他們的觀點不敢乖離「洗版」的觀點。他們的眼界只是一個小小的特區的眼界。因此他們會痛恨內地同胞隨地吐痰、當街小便、貪污腐敗、蹲在路旁而從來不知道自己的祖父母甚至父母也曾如此。我們從不閱讀的青春族群，一夜之間竟成了小小的「文化暴發戶」。

第三種讀書人：塵霜滿面的打工仔

多少人為了一個高等學位連書都不敢讀。其實他們不是不讀書，只是不敢讀研究範疇以外的書。對他們來說，書分兩種。一種是必讀書，一種是閒書。讀閒書帶來的是深重的內疚。那一頭，記不牢的知識，須要用許多小字條、螢光筆甚至口水 mark 住或黏住，這一邊，努力趕在學生前面讀一點新教材。可惜，即使學者天天「全職」閱讀其科研範疇

的最新論文，聽說每過一年，學問就會落後於主流趨勢或最新知識幾個月。讀書之難，非外人能夠明白。拿了學位，成了大學老師，不就好了？誰曉得教授們有話說沒話說都總得說點話，而且要在第一流的期刊裏說了才算；一年說幾次，周而復始，春去秋來；不久，他就塵滿面、鬢如霜，弓身走過大學的校園，換來個沉重的「專家」名號，但他知道，自己畢竟還只是個打工的。到了最後，他總會在洗手間的某個廁格裏不慎聽見一個意氣風發的博士生高聲跟人說：「他那套？早就 Out 啦！」然後黯然退休。

第四種讀書人：眼角漸高的老頑童

人到無求品自高。若想在人生最後的階段再當讀書人，必須堅決拒絕為兒女帶孩子，否則必只能打着傘、於大隊人馬之中為小不點輪候名校的入學申請表。這樣，又怎算是「無求」呢？怡情、傅彩、長才之說，只是對極度勤奮的有閒階級（例如叔本華等少之又少的天才）成功之後的陳述，卻非我們可持的信念。否則閱讀還是建基於慾望。擺脫不了慾望，苦惱自尋。基督說：讓小孩子到我這裏來。不要禁止他們，因為在上帝國度的，正是這樣的人。是的，人若能身心投入地閱讀，就好像身處小小的天國。沒有 TSA 或公開試的長鞭密密抽下，沒有學位在前扮演紅蘿蔔，也沒有

出版評估重重壓在虛弱的肩頭，閱讀才可再度成為享受。手持一書，放不下就放不下，讀不完就讀不完，睡午覺就睡午覺，十足任性頑童，這才算境界高。可惜，老頑童眼角如今也高了，再也不想為一本爛書浪費他有限的餘生。因此，他雖仍享受閱讀，已不如小時候那麼快樂了。

　　書展如此巨大，對老頑童來說，簡直是一種恐嚇。讀書，還是早一點開始好。

二〇一三年七月二十日

兩種晚輩

朋友聚會裏，一位文壇前輩謙説自己的作品寫得不夠好。小十歲的晚輩衝口而出：「這又怎樣？你已有如此江湖地位！」前輩愣住了，這麼無禮的人真是世間少見；這回應反映出晚輩對自己很不服氣。前輩有點不悦，就説：「是啊，我就只有江湖地位。」意思其實是：「不錯，我只有江湖地位，毫無實力，江湖地位盡是騙來的。」未知晚輩是否聽得明白。晚輩不做聲，事情不了了之，二人在密封的圈子裏仍然是「朋友」。

我尚未見過出色的後輩不暗暗和前輩較勁的。無論他對前輩曾經多麼佩服，甚至要過對方的簽名，或白紙黑字地公開説自己如何深受對方影響等話，他終必走到一個關口，在那個無形的擂台上，他要和前輩較量了。一路走來，他心裏總是對前輩的漏洞很在意。他要避開前輩走過的大路，另闢蹊徑，卻又怕所闢之徑太小，不知是不是個死胡同。他覺得自己的踏足之處已經因為前輩龐大的身影而變得狹窄，他

恨前輩沒把他看在眼內，他沒想到把他打垮的其實是他更有魅力的同輩。他會斤斤計較自己已經到了前輩的哪一個階段，更會問自己：我在這個歲數已經和他一樣好了嗎？他的自我評價波動非常，總是大幅上落如金融風暴中的股市。他的結論一時是：「我怎麼能比得上他呢？他十九歲時已經怎樣怎樣了⋯⋯」一時卻是：「他的看法和寫法都那麼老套——我比他前衛多了！」對着自己的私密好友，更會說：「我已經寫得比他出色，只是他更有江湖地位而已。」到了某個年紀，晚輩總會逼迫自己去結論：前輩是浪得虛名的，自己卻仍處在懷才不遇的境況中，正等待有識之士和社會大眾的高舉和認同。

但晚輩也分兩種。第一種想儘早超越前輩，就專心致志，暗中加快步伐，終日為顯得有學問而讀書，為能夠留名而書寫，為具有「江湖地位」而工作。他的一生，都在嘗試取悅（impress）別人，而非表達（express）自己。但他焦急冒進，使他的作品流於膚淺，他的文學時裝衣不稱身，他的作品做作難讀。另一些呢，則為了生計奔波勞碌，暫時減少甚至無法創作。為了養妻活兒，少年時的鋒芒漸漸暗淡，更遭人落井下石，大家都說他江郎才盡，說他提早封筆了。這一關確實相當難過，然而真實生活的複雜讓他穿越了文學和文字，直接面對愛恨生死，教他無法不思量意志的問題。他奔走於嗷嗷待哺的家和苛索無度的老闆之間，天天如是，

心血一直流失，精力一直透支，但毫不自覺地，他吸收了生命隱藏的養分。有一天，他平淡的文字要破土而出，長成大樹；另一種人呢，則經常枯死於對人的嫉妒、對自己的不信任和對生命的錯判。

只知躲在武館裏鑽研如何打敗師傅的晚輩，永遠不能練就上乘的功夫。無故對準前輩來攻擊的人，最後只能走進畏首畏尾的晚景，因為他害怕自己也成為攻擊的對象。他的心思錯誤地綁死在某個身影的動作上，以致看不見身邊的美景和終點的紅線。無論是跟隨還是躲避，是對抗還是鄙視，他都深受前輩的牽引，失去了進步的自由。

另一種人呢，他的汗水結出了果子——透明的，成熟的，汁液豐富，在文學的框架內穩定細膩地膨脹，最後奪「框」而出，種子撒進了讀者的心。他失去了文學的霓裳，但得到了文學的內質；他擺脫了理論的誘導，也動搖了理論的權勢。他繼續遭人嫉妒，卻不須要嫉妒任何人。

二〇一四年六月十七日

筆與文學

　　有一段日子，幾乎所有的機構都喜歡用筆來做紀念品。每次出外辦講座，我都會收到一支筆，久而久之，收集了一大堆，一支一支都是不怎麼好寫的原子筆，外表銀亮亮的，金屬筆桿重得很，但筆身很幼，不好拿，於是大都讓我擱置一旁，躺在硬紙盒裏，沒有機會站起來。墨水乾了，還得去高級文具店花錢買很貴的筆芯。買回來，我還是嫌那些墨水的藍色太淡，黑色太灰，筆嘴太大和走珠太滑──於是又放回盒子裏由它自生自滅。

　　我用的筆都是賣幾塊錢一支的，有手感，塑料製作，便宜輕巧，千百種藍紫黑紅任挑，粗幼分好幾個層次；滑行於紙上，有些像溜冰鞋上的刀，刮地而前，痕道清晰而帶點張力，最適宜喜好硬筆書法的藝術家；有的像賽道上圓圓的冰壺，稍稍用力即高速挺進，最受寫字快於思考、日理萬機的聰明人歡迎。來到文具店，人人各取所需。於是禮物筆的貴重包裝成了它們半開的棺木，一眾高貴品種全部變成木乃

長椅的兩頭

伊，在我放滿紀念品的抽屜裏動彈不得，猶如博物館內愛出鋒頭的展品給閉館休息的告示牌攔在黑暗裏。

不知這些珍品可會羨慕我手上那些天天沾染人體溫度的「平價貨」。拿着輕鬆行走江湖的平民筆，就像口渴時遇上了開水和茶包。這些不貴但好用的筆每天不知賣出多少管，寫出的文字更是萬萬千千，雖然價格相宜，其實早成經典了。流行文化有點像這些筆下的文字，點點滴滴深入疲憊的民心，浩浩湯湯匯成集體的記憶。如果說以貴重金銀自居的禮物筆喜歡某種簽名的舞蹈，塑料平民筆大概更愛寫便條、留日記，或在原稿紙上跳飛機。

簽名可能是人寫得最好看的幾個字，那是他經過多次練習的、用來「見人」的。但人也許不大自覺，很多字他寫得更頻密。「我」字不在話下，「的」字當然不少，「情」字也意外地多。一封真誠的家書，簽名固然重要，但總得有點內容。如果只有簽名，那頂多只是一張家用支票。反過來說，親筆寫的信即使欠了簽名，沒有妻子會認不出來，沒有兒女會不知道那是父親的情話。

文學也一樣，總有自以為高高在上的。沒有深度的作者喜歡寫別人看不懂的東西。沒有厚度的作者喜歡寫別人看不下去的東西。沒有樂趣的作者喜歡寫悶死人的東西。沒有創意的人喜歡寫嚇唬人的東西。眼裏沒有別人的來來去去都寫自己。難道我們沒見過這樣的作品嗎？如此寫作，無非基

於一個信念：「我是貴重的筆，不涉日常，以避庸俗——正如好看的書必定寫得不好，因為阿貓阿狗都讀得懂。」當然，有些書叫做「硬書」，要花點勁兒看，看後大大得益。但這兒所說的不是硬書，它們有的只是硬殼，你使勁把殼砸碎，裏面原來甚麼都沒有，氣惱之餘，你的「餘生」餘下更少了。

好看的書必定寫得好嗎？不一定。浮淺、濫情的書也有好看的。那麼，好書呢？我覺得好書卻必定是好看的。好看，因為親民。親民者，能感染人、吸引人，能引發共鳴和拓展經驗，步步引領讀者走向作者的思想深度之謂。有深度的，不必賣弄。不賣弄的人真誠。真誠而想與讀者溝通的人，文字必定深入淺出。

人生苦短，我讀過許多皇帝的新衣，如今要像小孩子般說誠實話了。家裏和辦公室裏都是書，但它們是否都值得花時間讀？偷得浮生半日閒，很想閱讀的時候，我發現自己總在尋找那些看得懂的經典，因為對經典有信心。當然，這還可以避免受到某些現當代作品的銀面金身所蒙騙。讀書如用筆，我開始知道哪些才能叫做好筆了。

二〇一三年五月十六日

長椅的兩頭 ——
給真正喜歡寫作的年輕人

　　天才橫溢的阿根廷作家博爾克斯寫過一個叫做〈另一個〉的故事。內容記述七旬老翁博爾克斯在河邊長椅上遇見二十歲不到的自己。老人博爾克斯對少年博爾克斯說：「我尚不知道你將要寫多少書，但我曉得，你的作品將多得數不勝數。你會寫詩，這要給你帶來無限的喜悦。……你還會……教書、上課。」我讀着，不期然落入一種自我中心的攀附構想中。如果我就是這個剛剛離開童稚的少年，面對這樣有力的預告，未來的歲月要承受多少壓力和失望？可幸的是，少年指出那位老公公可能並不真的就是他，因為對方竟然完全忘記了曾與一位老人相遇的往事。

　　少年人總想為自己的將來打開更多的窗子。可是，開多少個才說得上足夠呢？也許，所有老人都會為自己辯護：「我的一生，都是努力活過來的，你不可貶抑。」可是，如果連優秀如博爾克斯者都無法滿足一度出現的對生命的盼望，那麼曾打算以寫作為一生事業卻非常懶惰平庸的我，當

怎樣向少年的自己交帳？

　　同樣可幸的是，我已經漸漸認同老人們的看法：我開始相信每一個人的歷史都是莊嚴的。

　　由於已經落入回憶的篩選與淨化，我們的過去，雖已全部完成，卻仍在變化和成長。在這隱藏、激烈且無法測度的過程中，我深信，破損的會黏合、零碎的會歸位、腐爛的會復原。一切感官經驗或抽象思維，都必在尋找意義的同時自行壯大或消失。愛和恨、嫉妒與欣賞、幸福與悲情，也必漸漸流入平闊深邃的港灣。在那裏，波濤的峰頂與低谷將把銳角全部削去，默默交換位置，只餘下無縫的半透明藍調水鏡，為海鷗殺戮的尖喙和競賽的翅膀打上柔和的白光。太陽下，一切將變得平淡、平凡，卻都有一種理解、銜接、和合、設定的美。

　　靈修大師奧士瓦盧特・章伯斯（Oswald Chambers）說，屬世回望和屬靈回顧的主要分別不在我們記取了甚麼，乃在我們忘記了甚麼。歷史，本來就是在忘記中形成的。當一切荒謬的細節都給刪削或原諒了，痕跡被推往邊緣，漸漸變成凸字上的灰色陰影，歷史就會溫柔地定調，引發更清晰的後悔和感恩。個人歷史尤其如此。

　　在眾多給遺忘了的小節中，有一些不但存活下來，它們更以使人吃驚的速度長大，地面上的枝葉越長越高、泥土下的根柢越探越深。比如說，白瓷碗碟每天都在我眼前碰碰

撞撞，不知何故，卻只有某一個杯子能夠潛入我微觀的密室，讓我細嚼、吸收，最終成為離巢獨立、且不再會破碎的文字。這是奇怪的，因為挑選的過程在我裏面進行，而那個清醒的我卻無法參與。挑選完了，再回頭看看我名下的這許多選擇，也無法整理出甚麼道理來。因此，對我來說，寫作確實不是一種完全自覺、自由的活動。多年的經驗告訴我，我們的潛意識強大，是橫越大洋的暗湧；而我們的意識呢，相對來說，只是小木船上小小的木槳而已。大海之上，我所呈現或呈獻的，不但是我的描述對象，它們也一直在描述着那個喜歡寫作的我。

所以，我實在不大曉得該怎樣改善自己的寫作技巧或提升個人的寫作水平。唯一可以改變的，是我自己。而帶來這種改變的最好方法，我相信是閱讀。閱讀、忘記，再閱讀、再忘記，輪流出現的感動或厭煩，每一次都在上帝的大光中把我運送到一個全新的視點上。我的改變也許緩慢得很，緩慢得沒有人（包括我自己）發覺，但我深信，這種改變，正通過我每天忘記或選取的東西一點一滴地發生。許多年後，我將要為今天的我感到驚奇和快樂。聰明絕頂的暢銷作家史提芬·京叫我們在作品完成後數週重校一次才發表。經驗告訴我，這是極有智慧的話。他鼓勵我們經歷的，可能正是任由歲月滑過我們的心靈——是的，讓時間放逐我們、鞭打我們、安慰我們吧，讓我們在沒有軌跡的航道上容許忘

記和選取不斷運作。幾個星期，幾個月，幾年，意味着充分的漂流。只有在足夠的距離上猛然覺醒，我們才能夠領會航行確實已經完成了。

　　此刻，我因為要出版一本書而重讀自己的文稿。我用力感受它們和我的關係。我終於同意：二〇〇三年二月到八月，我竟然也曾經以一種不能重複的古老方式真切地活着。那一個時期的我，如今正坐在河邊長椅的另一頭，用憐憫的目光看着今天的我，説着模模糊糊的話。她問：「寫成這個樣子，寫作真的是你的選擇嗎？」我回答説：「不是我的選擇，是你的。我沒有一點反抗的可能。」她又認真地想了一會兒，繼而嚴肅溫柔地答道：「不要把責任推諉於人。你也許應該説謝謝我。」於是我説：「謝謝你。」然後我抬頭，尋找河水盛載着的天空。我看見對岸的老伯伯，正笑嘻嘻地從水裏抽出一條小得可憐的魚。雖然我看不清楚，但那閃動的銀光令我深信，他的手指和那小魚之間，必有一條堅韌無比的漁絲，就像天空裏看不見的光線把我和我的「著作者」緊緊連結在一起。

二〇〇三年八月

□ 責任編輯：賴菊英

□ 封面設計：何儁

□ 版式設計：高　林

□ 排　版：陳美連

□ 印　務：劉漢舉

〔香港散文 12 家〕

主編：舒非

長椅的兩頭

□

著者

胡燕青

□

出版

中華書局（香港）有限公司

香港北角英皇道 499 號北角工業大廈一樓 B
電話：(852) 2137 2338　傳真：(852) 2713 8202
電子郵件：info@chunghwabook.com.hk
網址：http://www.chunghwabook.com.hk

□

發行

香港聯合書刊物流有限公司

香港新界大埔汀麗路 36 號
中華商務印刷大廈 3 字樓
電話：(852) 2150 2100　傳真：(852) 2407 3062
電子郵件：info@suplogistics.com.hk

□

印刷

美雅印刷製本有限公司

香港觀塘榮業街 6 號 海濱工業大廈 4 樓 A 室

□

版次

2016 年 2 月初版
2024 年 6 月第 9 次印刷
© 2016 中華書局（香港）有限公司

□

規格

32 開（215 mm×135 mm）

□

ISBN：978-988-8366-97-2